让戏剧照见童年
幼儿园偶剧剧本精选

陈欣生 主编

中国纺织出版社有限公司

图书在版编目（CIP）数据

让戏剧照见童年：幼儿园偶剧剧本精选 / 陈欣生主编. -- 北京：中国纺织出版社有限公司, 2025.7.

ISBN 978-7-5229-2781-7

I. I238.7

中国国家版本馆CIP数据核字第202541Q8X6号

责任编辑：李凤琴　　责任校对：高　涵　　责任印制：储志伟

中国纺织出版社有限公司出版发行

地址：北京市朝阳区百子湾东里A407号楼　邮政编码：100124

销售电话：010—67004422　传真：010—87155801

http://www.c-textilep.com

中国纺织出版社天猫旗舰店

官方微博 http://weibo.com/2119887771

北京雅昌艺术印刷有限公司印刷　各地新华书店经销

2025年7月第1版第1次印刷

开本：710×1000　1/16　印张：14.5

字数：189千字　定价：88.00元

凡购本书，如有缺页、倒页、脱页，由本社图书营销中心调换

编委会名单

主　　编　　陈欣生

副 主 编　　区敏涛　陈燕燕　黎丽娜

参编人员　　杜婉珺　刘　南　谢　俊　谢丽娟　陈之琳
　　　　　　　梁燕婷　陈佳仪　蒲程艺　陈颖敏　廖　彬
　　　　　　　江　晖　刘玉晴　谢泳芝　李宁军　黄燕姬
　　　　　　　李　斌　杨思琪　张燕萍　陈盈盈　赵　妍
　　　　　　　曹素怡

推荐序

在这个五彩斑斓的世界里，孩子们的心灵如同初升的太阳，温暖而充满希望。他们天生对周围的一切充满好奇，用稚嫩的手指探索着这个世界。正是在这片纯真无邪的天地中，偶剧以其独特的魅力，悄然走进了孩子们的生活，成为他们成长路上的一抹亮色。

走进中六幼儿园的"百语荟"偶剧工作坊，戏剧游戏带动孩子们尽情投入，建立联结；教育戏剧开启"动态"阅读，让孩子从二维进入三维虚拟空间，运用身体与声音去传达并解决故事人物所面临的问题，获得深度体验；剧本创编激发孩子想象，在和同伴一起讨论、创编故事情节中生成独一无二的剧本；排演偶剧展现孩子无限潜能，在舞台上下分工合作，演绎精彩，用童真赋予故事崭新生命。

在生成偶剧剧本的过程中，孩子们学会了合作与分享，他们相互启发，共同创作，将一个个零散的想法汇聚成完整的故事。这种团队协作的精神，正是他们未来成长道路上不可或缺的宝贵财富。同时，孩子们的语言、想象、表现等能力也得到极大提升。更重要的是，让身处多元文化氛围中的孩子，在经过三年的点滴浸润之后，逐渐熟悉中国的传统文化，感知其魅力，最终产生文化认同感。

在幼儿园园本特色课程的探索过程中，我们衍生出了"大细路家长剧团"，为家长打造了一个感受戏剧与传统文化的快乐天地，搭建了家园携手共育的桥梁。自成立以来，家长剧团致力于将经典儿童故事以生动、有趣、富有创意的方式呈现给孩子们。从剧本的选择到角色的分配，从道具的制作到舞台的布置，每一步都凝聚着家长们的智慧与汗水，更融入了他们对孩子们的爱与期待。

  每一次演出，都是一次心灵的触碰，一次情感的交流。家长们通过精湛的演技，将角色情感细腻地传达给每一个小观众，不仅让孩子们在欢笑中感受到故事的魅力，更在潜移默化中学会了勇敢、善良、团结与坚持。这些美好的品质，如同种子般在孩子们幼小的心田生根发芽，陪伴他们健康成长。

  我们将孩子们共同生成的剧本和家长剧团创作的剧本汇编成册，呈现在大家的面前。

  这本书是孩子们尝试与探索的成果，记录了他们成长的足迹和思维的火花，是孩子们一百种语言的表达，也是家长们的智慧与心血。

  这本书是对孩子们美好童年时光的珍贵记录。它将成为孩子们成长道路上的一份宝贵财富，陪伴他们走过每一个成长的瞬间，激励他们勇敢走向未来。

  这本书将成为连接家庭与孩子、过去与未来的桥梁。每当翻开这些剧本，我们都能感受到那份纯真的快乐与温暖，仿佛又回到了那个充满欢声笑语的幼儿园时光。

  让我们一同翻开这本书，走进孩子们五彩斑斓的世界，感受他们纯真无邪的心灵与无限可能的创造力；走进家长们超越现实的奇妙世界，感受他们温暖的智慧和温柔呵护的爱吧！

薛菁华（《早期教育》编辑部主编）
2025 年 2 月 18 日

目 录

第一辑　哈哈镜花缘

智佳国	2
百花贺寿	7
豕喙国	10
书香黑齿国	15
大人国	19
小人国奇遇记	23
两面国	26
百花获谴降红尘	30
东口山	33
聂耳国奇遇	37

第二辑　西游记

智斗金银二王	42
龙宫取宝	47
猴王出世	50
真假美猴王	54
大闹天宫	63
智斗红孩儿	67
三打白骨精	74
智取芭蕉扇	80
错坠盘丝洞	86

第三辑　武松打虎

武松打虎 I	92
武松打虎 II	97
武松打虎 III	101
武松打虎 IV	105
武松打虎 V	109
武松打虎 VI	113
武松打虎 VII	117

第四辑　家长剧

鳄鱼怕怕　牙医怕怕	122
狼和七只小羊	125
小鸟和牵牛花	129
年	133
我也要搭车	137
十二生肖的故事	140
咕噜牛	146
咕咚来了	150
没有牙齿的大老虎	153
青蛙卖池塘	156
老虎拜师	160
狐狸和乌鸦	163

小狮子找朋友	166	君子国	198
一只想当爸爸的熊	170	犬封国	203
友爱之花	174	伯虑国	206
新编小红帽	177	女儿国	209
蜘蛛和苍蝇	182	无肠国	214
深目国	185	刻板国	218
劳民国	191		
翼民国	194	**后记**	**222**

第一辑　哈哈镜花缘

内容简介

"哈哈镜花缘"取材于清代作家李汝珍的同名长篇小说《镜花缘》，故事的主人公是"百花仙子"转世而成的唐小山。她追随父亲唐敖、舅舅林之洋，踏上了一段未知的海上之旅。这段旅程以唐小山寻找失落在凡间的十二朵花为线索，引领观众进入一个又一个奇异的国家，如黑齿国、小人国、双面国、豕喙国等。在这些国家中，孩子们将看到各种奇人异事、奇风异俗，体验一场场意想不到的冒险。

智佳国
小一班

道具图

【演员表】

旁白：郭刘鹏德
唐敖：施陈烨
唐小山：黄宸熙
林之洋：汤菁峰
4个智佳国人（两名孩子操作一个大嘴偶）：

1.廖哲、姚子腾；2.黄梓淇、梁伟琛；3.庄博霖、麦子晴；4.黄曦瑶、薛坤燚
树1~4：郑明慧、鞠铭晴、袁萃晴、王梓
火：廖卓恒、肖怡玥
小老鼠：肖怡畯

【剧本】

第一幕　来到智佳国

（海浪声）

旁白：唐敖、唐小山和林之洋一行人乘船游历到一个小国，船准备靠岸。

（清新民族风乐曲）

唐小山：靠岸的这个国家叫什么名字？

林之洋：是智佳国，智力的智，上佳的佳，就是智力很好的意思。听说这里的人喜欢看书，什么都会！

唐小山：这么厉害！我一定要好好见识一下，好期待啊！

唐敖：哼，我劝你们还是不要高兴得太早！

（音乐停）

第二幕　遇智佳国人

旁白：船靠岸了，三人走在智佳国的大街上。只见大街上没有行人，路旁的房屋全都房门紧闭。他们觉得很奇怪，林之洋试着敲一户人家的门。

（配音：敲门声）

林之洋：请问有人吗？

（林之洋询问时，一只小老鼠快速从屋子里蹿出来，跑到幕后，为后面的老鼠吃书埋下伏笔）

旁白：这时，他们听到不远处有个声音——

智佳国人1：请问你们要找谁？有何贵干？

（三人诧异的表情、四处张望）

旁白：三人左顾右盼，都没见人影。抬头一瞧，见有人在树上坐着，每个人身旁都放着一堆书。有人在翻书，口中念念有词，顿觉诧异，就问——

林之洋：你们为什么在树上？（三人诧异的表情）

智佳国人1：因为书上说"筑巢而居"，所以我们要住在树上。

林之洋：只听说过鸟、松鼠才住在树上，从没听说过人要住在树上。

唐小山：住在树上多危险啊，大风一吹就要倒下，冬天也会很冷呢。

唐敖：你们住在树上会增加树木的负担，影响树木的正常生长。

树木1：就是啊！我们都被你们压得很累了。

树木2：我的树枝也压断了。

树木3：我也好难受啊，羡慕还没住人的树兄弟。

树木4：讨厌智佳国人！

智佳国人2：你们为什么这么多问题，你们就是不看书，让我念书给你们听！

第三幕　着火、救火

旁白：因为树上的光线被树叶遮挡，看书需要点火才能看见。智佳国人打着火苗，准备念书给他们听。正巧一只小老鼠爬到树上，啃书吃，智佳国人发现了很生气，一边用火苗拍打小老鼠，一边骂——

智佳国人2：你竟敢吃书，打你、打你、打你！

（滑稽民族风音乐）

旁白：又不巧，火苗点着了小老鼠的尾巴。小老鼠刺溜刺溜地爬下树，飞快地跑进房子，躲了起来。

（旁白正说着，三人焦急喊起来：糟糕！屋子着火啦）

（紧张急促的音乐、敲锣音效）

旁白：这事儿麻烦大了！躲进屋里的小老鼠将屋子点着，屋子不一会儿就冒出了烟，很快，青烟发展成浓烟！

（三人焦急大喊：你们的房子点着啦！还不下来救火！）

智佳国人1、2、3、4：（不急不慢）着火了，我们找找书上怎么说的？

三人：哎呀！还找什么书呀！快救火吧！

（智佳国人不理会，埋头翻书）

唐敖：救火要紧！这边有几个水桶，离河也近，我们马上用水桶到河里打水救火！

唐小山、林之洋：好！

四棵树：快救火呀！别看书啦！都烧过来了！你们怎么可以这样！

房子：（摇晃身体）再不来灭火，我们就要塌了！

（三人立即行动起来，来回奔跑取水、扑火）

（紧张的音乐继续，锣声停）

智佳国人1：灭火可以用水来扑灭、用土来埋、用树枝来拍打。

智佳国人2：除了用河水来灭火，还可以用泉水，可以开山挖渠、地下引水。

智佳国人3：不行，远水救不了近火，不如将树枝密密麻麻地捆扎起来，树枝压在火上，使空气与火隔绝，火自然就窒息而灭。

智佳国人4：我们憋一口气，一齐吹出去，造成狂风之势将火刮灭。

智佳国人1：不对不对，救火还是靠水，干脆我们将天上银河之水引下来。

旁白：唐敖、林之洋和唐小山三人不停地来回到河边取水，跑回来用水灭火，都累坏了！可树上的智佳国人只在叨叨，没一个下来帮忙的。好不容易，火被他们扑灭了，三人累得坐在地上喘着粗气（音乐停），可树上的智佳国人却说——

智佳国人1：用水桶取水救火的办法太笨、太原始、太落后。

智佳国人2：这三人遇事不动脑子，可见智商极低，肯定没进过高等学府。

智佳国人3：他们只是想当英雄，可是在我们这儿谁能侃谁才是老大！

旁白：听了他们的话，三人气得发抖，忍不住开骂起来。

唐小山：我们帮你们灭了火，你们不但不感激，还要冷嘲热讽，恩将仇报！

唐敖：你们就是枉读圣贤书！

林之洋：如果不是我们灭了火，你们现在已经葬身火海了！

智佳国人4：你们看，他们没文化的样子多可笑！

林之洋：怪不得说"智佳短年"，原来如此！

唐敖：我们走，别跟这些小人争辩！

唐小山：太让我失望了！

唐敖：我早就听到过传闻，这些智佳国的人只会看书，却不做实事。根本就是"假聪明"！

旁白：三人回到船上，扬帆起航，离开这个让人可笑更可气的地方。

剧照

百花贺寿

―― 小二班 ――

道具图

【演员表】

百花仙子：曾丽老师

牡丹花仙子：邵可欣

水仙花仙子：钟琬

芍药花仙子：何馨语

桃花仙子：苏伊晗

橘子花仙子：黄靖雯

兰花仙子：麦煜宁

荷花仙子：金佳淇

玫瑰花仙子：张尹芊

玉皇大帝：程亦辰

天兵天将：黄宥甫、段佳睿

果仙：李昱锜、左又天、熊宸熠、谭羽阳、区硕儒

旁白：谢俊老师

【剧本】

第一幕　百花争艳

旁白：三月初三这天，是玉帝的生日。百花仙子带着小花仙们，装扮漂亮，准备要去给玉帝贺寿。

百花仙子：我是掌管天下所有花的百花仙子。看我的花仙们美不美，让她们自我介绍一下吧！

牡丹花仙子：我是高贵的牡丹花仙子。

水仙花仙子：我是淡雅的水仙花仙子。

芍药花仙子：我是神秘的芍药花仙子。

桃花仙子：我是娇艳的桃花仙子。

橘子花仙子：我是清香的橘子花仙子。

兰花仙子：我是美丽的兰花仙子。

荷花仙子：我是飘逸的荷花仙子。

玫瑰花仙子：我是清香的玫瑰花仙子。

百花仙子：哇！真的是百花争艳，让我们带上蟠桃去给玉帝贺寿吧！

（果仙给花仙们献上蟠桃）

百花仙子：桃子鲜、桃子甜，带上蟠桃去贺寿、去贺寿。快来，花仙们！

第二幕　百花贺寿

天兵：恭请玉帝。

旁白：筵席上，玉帝开心地看着众花仙向他祝寿。

百花仙子：玉帝，我今日携众花仙带上蟠桃给您贺寿。祝玉帝万岁万岁万万岁、福如东海、寿比南山。

牡丹花仙子：祝玉帝笑口常开。

水仙花仙子：祝玉帝身体健康。

芍药花仙子：祝玉帝岁岁平安。

桃花仙子：祝玉帝长生不老。

橘子花仙子：祝玉帝万事如意。

兰花仙子：祝玉帝帅气逼人。

荷花仙子：祝玉帝龙马精神。

玫瑰花仙子：祝玉帝大吉大利。

玉帝：好！好！（鼓掌）百花齐放，给我贺寿，我很高兴，新的一年快到了，让我们一起载歌载舞，一起舞动起来！

剧照

豕喙国

— 小三班 —

道具图

【演员表】

唐敖：邱楚知

唐小山：陈诗然

林之洋：连科杰

花店店员 1：徐子墨

花店店员 2：王雪遥

水果店店员 1：田钊泓

水果店店员 2：林雅瑶

玩具店店员 1：李贝蓁

玩具店店员 2：龙芊语

路人 1（提篮子）：赖雨澄

路人 2（提篮子）：黄梓乐

路人 3（玩石头）：夏楠浠

路人 4（玩石头）：阮昊麟

路人 5（玩石头）：吴嘉沂

【剧本】

第一幕　初到豕喙国

旁白：离开黑齿国后，唐敖一行三人继续航行。

唐敖：好大的风浪啊。

唐小山：对啊，对啊！水都溅到我脸上啦。

林之洋：我们快走吧。

旁白：在海上航行多日，他们终于来到了一个新的国家。

唐敖：唉，坐了几天船，累死了！终于来到了新的国家！

唐小山：爹爹，这是什么国家呢？

林之洋：（指着写有豕喙国的牌子）看，这里有块牌。哦，这是豕喙国。

唐小山：哇，里面好热闹呀！（配乐：集市嘈杂的声音）

林之洋：我猜，这些人都出来摆摊了，不如我们进去看看，我也拿一些东西来卖。

唐小山：（拍拍手，对唐敖说）好啊好啊！爹爹，我们快走！

唐敖：行行行，别着急别着急，慢点儿！（配乐：欢快轻松）

旁白：于是唐敖一行三人走进了豕喙国，这时，他们发现……

唐敖：奇怪，这里的人都长着猪嘴巴。

林之洋：是啊，为什么呢？

第二幕　花店买卖

唐小山：哇啊，好香的味道呀！

花店店员1：（站在店铺前大声吆喝）快来瞧一瞧，快来看一看！我们的鲜花最好看，又香又艳！（看到唐小山，上前招揽）欢迎来到香香花店，这位小姐姐，我们花刚摘下来，可香啦。

唐小山：（回头看向唐敖和林之洋，开心大喊）舅舅，爹爹！这些花好香啊！你们快来！

唐敖：来了来了！

花店店员1：三位客人里面请。（配乐：闻花香）

林之洋：嗯？这些花都枯萎了，为什么还这么香？

唐小山：是啊，这些花瓣都黄了。

花店店员2：怎么会呢（老板拿起一朵掉了几片花瓣的花），这些花都是刚摘的，你们闻一闻，还有香味呢！

唐敖：你们看，那里有一瓶花露水，老板肯定是把香水倒到花里面，花才会那么香。

林之洋：这老板怎么这样？太不诚实了！我们不要上他的当！

唐小山：对，爹爹，舅舅，我不买了，我们走吧！

旁白：离开花店以后，唐敖一行人继续在街上走着，突然他们听到了一阵敲锣打鼓的声音和一种从来没有听过的语言。

第三幕　水果店买卖

水果店店员1：水果大甩卖！水果大甩卖！快D嚟好食水果店睇下，行过路过唔好错过！

唐小山：（踮起脚尖东张西望）舅舅，那个人在喊什么呀？

林之洋：他讲的是广州话，那家店是卖水果的。

唐小山：哇！水果！我要吃我要吃！（唐小山拉着唐敖、林之洋往前走）

唐敖：（宠溺地摇摇头）哎呀，你这个小馋猫。

水果店店员2：靓仔靓女过嚟睇下！我地D草莓好新鲜，包你甜到漏油！

唐敖：（拿起草莓送到嘴里）哇！好酸啊！（唐敖咬了一口吐出来）

林之洋：哇，老细，你D草莓酸刁刁，点食啊？

水果店店员1：你地试下D石榴啦，又香又软熟，好好味噶！

唐小山：（唐小山迫不及待地拿起石榴送到嘴巴里）哎呀！我的牙好痛啊！

林之洋：哇，你地D石榴硬掘掘，好似石头甘硬，咬到牙都崩晒。

12

林之洋：（对着唐敖说）我们买三个雪梨吧，一人一个解解渴。

唐敖：好。

林之洋：你称下D雪梨啦，一定要够称！

水果店店员2：实够称实够称，不够称我就赔钱碑你啦！10斤！（接过水果称重）

林之洋：有冇搞错啊，3个雪梨10斤？你呃鬼咩，我地都不买啦！（林之洋对唐敖二人说）我们走吧。

唐敖：不是说要买雪梨吗？

林之洋：这老板真坏，三个雪梨10斤重，那不是骗人吗？走吧，我们去别的地方看看。

唐小山：哼！这里的水果又酸又硬，一点都不好吃，还想骗我们的钱！

旁白：唐敖一行三人连着被骗了两次，他们都有点生气，出了水果店他们继续往前走。这时一阵欢快的歌声传来。

第四幕　玩具店买卖

玩具店店员1：Welcome，Welcome，快来我们的玩具店。我们的玩具都是外国来的，Follow me，Follow me！

唐小山：哇！这里的东西都好有趣啊！

唐敖：行，那我们进去看看吧。（唐敖摸摸唐小山的头）

玩具店店员2：look look 这些小车，（店员把小车放在地上展示）它叫超级无敌车，good good good！

唐小山：爸爸，这个小车好好玩啊！我要我要！

唐敖：好好好，给你买一个。

林之洋：等等，我要看看！（林之洋拿起玩具仔细端详）嗯，没有问题，包起来吧！

玩具店店员1：ok ok，（店员偷偷换一个坏的车包起来），包好了，请拿好！

店员1&店员2：Goodbye！下次再来！

唐小山：耶！谢谢爹爹，谢谢舅舅。

唐敖：哎，终于买到一件好东西了，时间不早了，我们快回去吧！

第五幕　不诚实的豕喙国人

唐敖：这个豕喙国的人，总是骗人，又说这又说那儿，一点都不诚实！

唐小山：哎呀！我的车坏掉了！

林之洋：怪不得他们都长着猪嘴巴！

剧照

书香黑齿国
中一班

道具图

【演员表】

唐敖：伍振业

唐小山：罗悠然

林之洋：周骏锴

国民：李卓阳

姑娘1～11：程仲柔、袁呵、陈卓、黄心予、顾婷钰、梁洛菲、郭思晴、黄裕茵、邓可瑜、周沅芷、骆芊语

公子1～11：林思翰、陈朗昊、杨建阅、陈浩南、朱家睿、林子烨、朱谦、范皓言、王申源、李卓阳、周楚烨

侍卫：林思翰

声效组：韩恩丞、谭钧乐、张毅宁、苏梓晞

【剧本】

第一幕　抵达黑齿国

唐敖：小山，跟爹爹一起上岸，去走走吧？

唐小山：我不要、我不要，九公说这里的人从头黑到脚，连牙齿也黑得发亮，配上红眉毛、红嘴巴，太可怕了。

林之洋：从头黑到脚就对了，我的胭脂香粉一定大卖。

三人：好，我们一起上链接！

第二幕　路闻奇风异俗

唐小山：快去看看发生什么事了？

官员：祝贺司马坊钟家六小姐高中"才女"。

国民：听说这六小姐4岁开始就每天上中六女私塾，5岁不到就精通诗词。

唐敖：厉害，这可让我开眼界了！（双手拱手动作）（响起三锣声，话外音：男女各行其道，互不越界）

唐敖：这里的人走路都有规则，男女各走一边，互不越界。可见他们非常有教化，是个有礼仪的国家。

第三幕　孩童游戏——飞花令

公子1：夜来风雨声，花落知多少？

姑娘1：何须浅碧深红色，自是花中第一流。

公子2：人闲桂花落，夜静春山空。

姑娘2：感时花溅泪，恨别鸟惊心。

公子3：花谢花飞花满天，红消香断有谁怜？

姑娘3：春花秋月何时了？往事知多少。

公子4：花开堪折直须折，莫待无花空折枝。

姑娘4：花间一壶酒，独酌无相亲。

公子5：桃花仙人种桃树，又摘桃花换酒钱。

姑娘5：不知近水花先发，疑是经冬雪未销。

公子6：中庭地白树栖鸦，冷露无声湿桂花。

姑娘6：白雪却嫌春色晚，故穿庭树作飞花。

公子7：黄四娘家花满蹊，千朵万朵压枝低。

姑娘7：春风得意马蹄疾，一日看尽长安花。

公子8：莫道不销魂，帘卷西风，人比黄花瘦。

姑娘8：人面不知何处去，桃花依旧笑春风。

公子9：侬今葬花人笑痴，他年葬侬知是谁。

姑娘9：忽如一夜春风来，千树万树梨花开。

公子10：不见五陵豪杰墓，无花无酒锄作田。

姑娘10：接天莲叶无穷碧，映日荷花别样红。

公子11：朱雀桥边野草花，乌衣巷口夕阳斜。

姑娘11：待到山花烂漫时，她在丛中笑。

众公子：哦，哦……

众姑娘：诸位公子，承让承让！

公子3：失礼失礼！各位姑娘见笑了。

公子4：哎呀，这次我们怎么又败了！

公子5：现在的女孩子真是不得了啊。

众公子：我们回去再努力一下吧。

唐小山：爹爹，他们在干什么呢？为什么一直念诗？

唐敖：他们是在玩一种叫飞花令的游戏，只不过这在我们大唐，只有大人才会玩，他们小小年纪就玩得这么好，太厉害了。

第四幕　不爱脂粉只爱书

林之洋：姑娘，来看看脂粉吧。

姑娘2：哦，不用了，谢谢。（往前走两步，回头问）我们不用脂粉，只爱看书。

林之洋：哎……

唐小山：舅舅别灰心，下次我们带书来卖。

林之洋：对对对，他们喜欢看书，越看越美啊！

唐敖：这就是腹有诗书气自华。

小山、之洋：对

全体：腹有诗书气自华！

剧照

大人国

— 中二班 —

道具图

【演员表】

旁白：李宁均

唐敖：李梓铭

林之洋：袁子昭

唐小山：黄晴晞、傅一槿

侠丐：陈思越

小姐姐：王奕祎

县官：赵泽忻

衙役：刘昕睿、梁玮昊

【剧本】

🔸 第一幕　初到大人国

旁白：这天，站在船头的唐小山，看到了远处的小岛，就高兴地喊道——

唐小山：父亲——舅舅——快看！前方又出现了一座小岛。

唐敖：嗯！小山说得对。前面呐，我们又将到达一个神奇的国度。

唐小山：父亲，那是一个怎么样的地方呢？

林之洋：小山，莫要着急！等下船后，我们去打听一下，便得知了！

旁白：半天的功夫，大船就行驶到了岸边。唐小山他们下船后，直奔向前。

🔸 第二幕　游大人国

旁白：唐小山一行人向前走着。随之而来，听到了远处传来的阵阵人声。寻着人声过去，唐小山他们来到了一个市集上。只见市集上的人们男女老少都不用脚走路，而是脚踩云朵，飘浮在半空之中。而他们脚底的云朵，不仅大小不一，颜色也是各有不同。有黄的、白的、绿的、蓝的……唐小山他们加快了脚步（三位主人公走到偶台幕后），走进了市集。

（"小姐姐"偶出场）（"唐小山""唐敖""林之洋"偶出场）

唐小山（偶）：小姐姐，请问你们这里是什么国？

小姐姐（偶）：这里是大人国。

唐小山（偶）：哦？我们去过小人国，如今竟然来到了大人国。

唐敖（偶）：莫非这就是传闻中的脚踩云朵的大人国。听说大人国的人民都以脚踩色彩明亮的云朵为荣耀，以暗色云朵为羞耻。

小姐姐（偶）：先生说得正是！

旁白：正当唐小山在这边高兴地询问着，就听到了那边传来阵阵锣声（背景音乐＋人声"回避"）。只见远处走来了前拥后挤的县官老爷。

旁白：只见县官脚下的云朵被一块红布包裹着，而红布下面不小心露出了一点灰黑色的云朵。县官还时不时地低头扯着自己脚下的红布。每整理一次红布，县官就左顾右盼，偷偷摸摸，生怕别人看到。

唐小山（偶）：姐姐，为什么县官遮遮掩掩的，脚上还裹着红布？他的云朵呢？

小姐姐（偶）：他是我们这里的县官，做了许多坏事。前不久啊，二叔公家的牛不见了，到衙门报案，结果这个衰官不但没有帮忙找牛，而且还打了二叔公50大板。把二叔公打得遍体鳞伤，差点就死了！这个衰官的云朵和他的心一样黑！所以他总是小心翼翼地用红布收藏着脚下的黑云朵，不好意思让大家看到。

旁白：就在这时，县官看到了路旁的唐小山一行人在看着自己，便对着衙役嚷嚷道——

县官：快走！快走！

衙役：是！遵命！让开！让开！

第三幕　遇见侠丐

旁白：县官和衙役走后，大街上又出现了一位侠丐。这位侠丐与众不同。只见他昂首阔步，而且最特别的就是满大街的人里面，只有他踏着是五彩祥云。唐小山好奇地说道——

唐小山（偶）：舅舅，您猜为什么那位侠丐的云朵颜色和大家都不一样？

动作：林之洋摸了摸胡子。

林之洋（偶）：莫非这位脚踏五彩祥云的是一位侠丐？

唐小山（偶）：舅舅，什么是侠丐？

林之洋（偶）：小山，我们这就去问问侠丐，听听他是怎么说的。

唐小山（偶）：前面那位脚踏五彩云的侠丐，请等等！

侠丐（偶）：小姑娘，你叫我吗？

唐小山（偶）：侠丐，为什么大街上人们脚下的云朵，只有您一人是五颜六色的？

侠丐：因为我努力做好人啊。

旁白：唐小山看着远去的侠丐，心里充满了好奇。

小姐姐（偶）：这位侠丐是我们这里的热心肠的人。他经常救助受伤的小动物，也经常帮大家做好事。谁家有人生病，他还会上山采药并且给人家送到家门口。我们这里的人都喜欢侠丐，好事做多了，侠丐脚下的云朵也就出现了五颜六色。

旁白：小姐姐陪唐小山一行人走了一会儿，在与他们告别后转身走了。唐小山他们继续往前走着。

唐小山（偶）：哦！侠丐真是好人。

唐敖（偶）：这位真是热心肠啊！真不愧是侠丐啊！

唐小山（偶）：如果我是大人国的人，我也想脚踏五彩祥云。

旁白：站在一旁的爸爸和舅舅都笑了。

唐傲（偶）：女儿，那就要学做好人，帮助大家多做好事啊！

旁白：唐小山他们漫步在大人国中，这个神奇的国度给他们留下了深深的印象！

剧照

小人国奇遇记
中三班

道具图

【演员表】

林之洋：加亦辉

唐小山：谈雪柔

小人（男）：潘俊行

小人（女）：刘艺煊

推车小人：周卓、蔡靖晨、林熙宸、林钰皓、钟梓文

大鸟：陈铭皓

唐敖（黑光）：徐慕心

林之洋（黑光）：周子希

唐小山（黑光）：许嘉昕

小人1（黑光）：邓晞宜

小人2（黑光）：陈钰腾

投石车：温朗言

【剧本】

● 第一幕　初到小人国

旁白：唐小山、林之洋、唐敖乘船来到小人国。

唐小山：舅舅您看，这个小人国的城门是我所见过最矮小的城门。

林之洋：哈哈，是的，我们要弯着腰才能进去呢。

（唐小山、林之洋弯腰走进了小人国的城门）

唐敖：你们看，那边有一群小人走过来。

唐小山：嗯，是的，他们手上好像还拿着东西。

林之洋：他们拿的是武器。

● 第二幕　遭遇大鸟袭击

（突然有人高声喊叫——）

小人：可恶的大鸟又来了！

（这时小人国的人们马上做好了战斗准备，三五成群，高举武器。林之洋拉着唐小山躲在一旁。只见一只大鸟在空中盘旋了几圈，然后向着人群俯冲下来，吓得人们向两边躲开。大鸟伸出了钳子般的爪子，想要把小人抓走，人们马上高举武器刺向大鸟，他们你来我往混战在一起）

小人：看，那边有个山洞，快逃！

唐小山：我们也一起去吧。

● 第三幕　想出对策赶走大鸟

（大家躲在了一块大石头后面）

小人：那只凶猛的大鸟经常来袭击我们，你能帮我们想办法赶走它吗？

唐小山：好，大鸟最怕什么呢？

唐敖：我们可以用石头去砸它呀？

小人：我们人这么小，太大的石头我们搬不动。

林之洋：我们做一个投石车吧，这样就可以用大石头砸他了。

小人：好，我们一定可以的。

（这时大鸟在阴暗的山洞里飞来飞去，到处寻找着猎物）

唐小山：大家准备，发射！

（众人一起用投石车把石头投向大鸟，大鸟左右躲闪，没一会儿，大家搬来的石头都投完了，大鸟也气喘吁吁地停下来休息）

小人：我们的石头用完了，怎么办？

唐小山：大家把长矛弓箭点燃，我们用火攻它。

小人：好，大家准备好。

（大家一起用长矛射向大鸟，大鸟慌忙躲避，但翅膀和尾巴上的羽毛都被火点燃了，大鸟赶紧拼命地扑打着翅膀，发出了凄厉的叫声，然后飞出了山洞）

大家：大鸟终于被赶跑啦，我们胜利啦！

（唐小山忽然发现，大鸟掉落在地上的羽毛，正闪闪发光呢！她走近想要仔细看看。顿时，羽毛发出一道亮光，幻化成了一朵牡丹花）

唐小山：哈，这不是牡丹花吗，原来跑到大鸟身上啦！这下好了，让我把你带回去吧。

剧照

两面国

—— 大一班 ——

道具图

【演员表】

旁白：李卓滢

唐敖：周文盛

唐小山：戚灏蕊

林之洋：黄宥椋

徐承志：罗婧诗

王爷：罗崇沛

富人们：邓昊晴、赵梓君、马以文

士兵：刘芷瑜、汤菁岚、文梓迪、陈一鸣、谭思玥、黄若杉、张洪铭、邢慕昀、叶彦红

【剧本】

第一幕　城门初遇两面人，与旧识共谋计策

旁白：这天，唐敖站在船头眺望，突然发现前面有座城池，只见城门上写着三个大字"两面国"。他们一行人决定上去看一看，来到城门看到两面国的士兵在操练。

士兵（正脸：笑意盈盈）：你们从哪来，是干什么的？

唐敖：我们是大唐的商人，来这里做生意的。

林之洋：请问能进城门吗？

士兵（翻脸：凶神恶煞）：你穿得破破烂烂，不要进去！

唐敖：我们是一起的。

士兵（正脸：笑意盈盈）原来是大唐的贵客啊，一路辛苦，快请快请。

徐承志：唐敖兄长。

唐敖：徐承志？你怎么会在这里？（转向唐小山等人）他是徐承志，是我的好兄弟，和我一样在外游历。

徐承志：一言难尽，我来到两面国之后，发现这里有钱有势的人都是两副嘴脸，对外表光鲜亮丽的人笑脸相迎，对穿着衣衫褴褛的人就恶语相加，连他们的手下都是这样，使人相当难受，真想教训他们一顿。

林之洋：对呀！刚刚在城门我们就见识到了。

唐敖：这里的王爷也不管管吗？

徐承志：王爷深居王府，估计他也不知道我们百姓受的苦。

唐小山：正义的事情我从不缺席！我有好主意，徐承志武功高强，半夜把王爷劫出王府，换上乞丐的衣服，放在街边，第二天王爷能亲身体会两面国的人是如何变脸的了。

第二幕　施巧计作弄王爷，两面国重归真诚

旁白：在长长的街上走呀走呀走，富人就是我的好朋友。

有钱人，香喷喷，一看就喜欢，我们来做好朋友。

在长长的街上走呀走呀走，看到穷人我就皱眉头。

小乞丐，臭烘烘，一看就讨厌，一起把他来赶走。

有钱人：你这个臭乞丐，赶快走开！

王爷：我是王爷，你们怎么可以这样对我说话。

有钱人：（生气跺脚）你是王爷？看看你衣衫破烂，分明是个穷光蛋，还不走开？（动手赶人）

王爷：我就是王爷，我就是王爷！

有钱人：王爷应该穿漂亮的衣服，戴贵重的皇冠，你这个样子竟敢冒充王爷！

王爷：难道你们就是凭外貌去判定一个人？我不穿漂亮的衣服就不是王爷了？

士兵：王爷！王爷！您怎么变成这副模样？

有钱人（翻脸：笑脸）：原来您真是王爷，您真是超级帅，超级帅，超级帅！

唐小山：王爷，你现在知道了吧，两面国的有钱人都是两副嘴脸，太虚伪了。

唐敖：我们对待身边的人要怀着一颗真诚的心，不管穷或富，要真心交往，诚信友善，这样两面国才会变得和谐，百姓才会安居乐业。

王爷（点点头，若有所思的样子）：你们说得对！我要颁布一道法令，让两面国的有钱人揪下虚情假意的脸孔，做个真诚的人！

（歌曲：你笑起来真好看）响起，众人一起唱跳一段。

（唱跳时，芍药开放）

有钱人：哎，你们看，你们看，满城的芍药都开啦！

王爷：哈哈，定是被我们的真诚感动了。

旁白：唐小山走到芍药树旁。

唐小山：原来芍药仙子藏在这里呀！

旁白：她摘下一枝芍药，收进包袱里。而后，唐敖等人挥手和王爷等人告别。

剧照

百花获谴降红尘

―― 大二班 ――

道具图

【演员表】

报幕：陈心宁

旁白：巫芃宏

百花仙子（偶）：汤万禄、何紫瑜

武则天：汪雨橦

玉皇大帝：张恩尘

花仙子：周熙怡（牡丹仙子）、麦熙涵（桃花仙子）、曾婧羽（兰花仙子）、周宇辰（桂花仙子）、梁祎潼、巫芃宏

【剧本】

🌓 第一幕　百花仙子率众修行

旁白：话说，蓬莱山乃神仙聚集之处，山上有个红岩洞，洞内有位仙姑，总管天下名花，名百花仙子。

百花仙子带着众花仙在此修行多年，兴之所至，经常一起闻乐起舞。

（道具：烟雾）（十二位花仙退场）

🌓 第二幕　皇帝下令百花齐放

旁白：有一年冬天，百花仙子见群芳暂息，便去拜访好友，饮酒畅谈。此时，人间的皇帝——武则天也在喝酒赏雪。（音乐1：武则天光影亮相）武则天正喝得高兴，只觉阵阵清香扑鼻，往外一瞧，原来是有几株蜡梅花开了。

武则天：这样冷的天，蜡梅却盛开了，莫不是知道朕饮酒，特来助兴？只是（纳闷）……怎么其他的花都不开呢？（生气）大胆花仙，朕限你明日便要让百花齐开。

（关灯，幕后传来两位大臣的声音：皇上息怒，皇上息怒，小人立刻去传旨）

🌓 第三幕　众花仙遵旨齐开放

旁白：眼看圣旨都送来了，百花仙子却仍迟迟未归，众花仙惊恐万分，连忙四处寻找百花仙子。

众花仙：（四处呼喊）百花仙子！百花仙子！

牡丹仙子：限期将至，偏偏百花仙子又不在，这可怎么办才好？

桃花仙子：我觉得我们还是乖乖听话，如果违反了圣旨，恐怕会遭到惩罚。

兰花仙子：可是，我们只能按时令开花。没有到相应的季节，我们不能颠倒时序让百花盛开啊。

桂花仙子：唉，你们就别再吵了。我们还是遵从圣旨，让百花盛开吧。

（音乐2：众花仙开花，定格）

武则天：哈哈哈哈，连世间万物都听我号令，我大唐必定昌盛啊！

第四幕　众花仙被贬下凡间

百花仙子：天啊！现在是冬天，她们怎么全跑到人间去开花了呢？一定是我昨天不在家，闹出事情来了！这下子糟了，玉帝肯定饶不了我的了！

（音乐3：玉皇光影出场音乐）

玉皇大帝（光影）：立冬节气，万物理当休养生息，为何十二花仙违反时令人间盛开，该当何罪！传旨，将众花仙贬下凡间历劫。

百花仙子：（一边哭一边说）只怪我贪玩，才会惹出这桩祸事，连累了众花仙，待我负荆赎罪，到各地寻回众姊妹们，再重返天庭修炼了。

旁白：因此，百花仙子飞落凡间历劫，化身唐小山，开始了寻花之旅。

剧照

东口山

— 大二班 —

道具图

【演员表】

报幕：曾婧羽
旁白：巫芃宏
林之洋：蔡彦衡
唐敖：周乐朗

唐小山：陈心宁
兽1~3：毛郡禾、刘晋朗、关心橡
祝余：甘鸣岚

> 【剧本】

第一幕　唐敖一行到达东口山

旁白：唐敖为了寻找十二花仙，与女儿唐小山、妻兄林之洋一起，出海航行。他们走了三天三夜，来到了一座云雾环绕的山前，唐敖瞬间被吸引住了。

唐敖：这是什么山，如此仙气环绕？

林之洋：这就是东口山。听说，这里有许多奇花异草、珍禽异兽，我们靠岸去看看这里面的神奇吧。

齐：好！

旁白：于是，他们靠岸下船，登上了东口山。

第二幕　唐小山遇见奇珍异兽

唐小山：哇，真的是好多珍奇异兽啊！我从来都没见过。

兽1：那就让你们见识一下吧。我是豹龙狮王展，一飞冲天我厉害。

兽2：我是喷火闪电石头龙，火焰四射无人敌。

兽3：我是神龙飞天怪，穿越宇宙我最快。

唐敖、林之洋：果然好厉害！（鼓掌）

旁白：珍奇异兽们都被唐小山身上的花香所吸引，纷纷围着她跳起舞来。

第三幕　东口山之奇花异草

唐小山：爹，我饿了，有没有什么好吃的？

唐敖：听说东口山不仅有珍禽异兽，还有很多奇花异草，其中有个充饥之物，青花如韭，名为祝余，我们一起去找找吧。

唐敖：哎，找到啦！

祝余：找我吗，找我吗，我就是祝余。

旁白：唐小山随即摘下几枝，递给唐敖和林之洋，大家把祝余放入口中。

唐小山：（嚼）哇，这祝余吃起来一股清香。

唐敖：顿时感觉头目清爽呢。

林之洋：（摸摸肚子）而且肚子也不饿啦。

唐小山：这下又有力气继续往前走了。

旁白：三人继续前行。

林之洋：哇！执到宝啦！执到宝啦！好大只芥子啊！（粤语）

唐敖：你说什么？执咩宝啊？

林之洋：哎，执到宝（粤语）就是捡到宝贝。你看，我捡到了一颗大芥子啊！

唐敖：哦，这就是传说中的蹑空草。把芥子放入掌中，吹一口气，就能生出一枝青草来。吹一口，长一尺，吹到三尺为止。

唐小山：我来吹，我来吹，让我来吹！呼……

林之洋：哇，真是太神奇了！这能吃吗？

唐敖：你试试呗。

林之洋：嗯，这蹑空草果然神奇，吃下之后感觉身体充满力量。看我！唔好睇我细细粒好好合啊，我宜家力大无穷，俾滴掌声啦！

林之洋：多谢多谢，多谢大家捧场！

第四幕　寻得玫瑰花仙

旁白：这时，唐小山突然发现——

唐小山：哎，这不正是我们要找的玫瑰花仙吗。太好啦！太好啦！终于找到其中一朵花了。

齐：哈哈！真是踏破铁鞋无觅处，得来全不费功夫！

旁白：三人寻得花后，坐船离开东口山，前往下一个地方。

让戏剧照见童年： 幼儿园偶剧剧本精选

剧照

聂耳国奇遇

大三班

道具图

【演员表】

小五：谭浩彬

唐小山：高沧沧

路人1～3：毛跃玲、谭筱羽、张梓平

街上的聂耳国人：吴浚哲、林子怡、刘骏安、谭奕飞、张展豪

【剧本】

第一幕　聂耳国风俗

旁白：林之洋与唐敖走了数日，来到聂耳国。

唐敖：大舅哥，前面什么国家？为什么他们的耳垂这么长？

林之洋：噢，那是聂耳国。

唐敖：我曾在书上看到"两耳垂肩，必有大寿"，聂耳国人一定很长寿吧？

林之洋：不不不，我听说聂耳国人从来没有活过"古稀之年"。

唐敖：啊？竟有这样的怪事？

林之洋：是啊，我们不妨进去看看？

唐敖：好！

（场景1：两个人耳朵扇风比赛。唐小山一走过去，就被扇得飞起来了）

（场景2：五六个人用耳朵捉迷藏。唐小山走过去藏起来，唐敖和林之洋找不到她）

（场景3：小五和三个聂耳国人跳四小天鹅。用耳朵来跳舞，唐敖等人在旁边鼓掌称赞）

第二幕　偷药

林之洋：小二！你们聂耳国真不错！

唐敖：没想到聂耳国人的耳垂有这么多的用处。小二，我听说聂耳国人都活不到"古稀之年"，这是真的吗？

店小二：是真的。

唐敖：说起这个，我们在东口山曾遇到"肉芝"，吃了肉芝可以延年益寿，不知道对你们有没有用？

旁白：唐敖、林之洋与店小二聊得正起兴，可他们的一番对话却被后面的小五听见了。

小五：吃了肉芝就能长生？那真是太好啦！我一定要拿到这颗药！

旁白：夜幕降临，唐敖和林之洋都睡着了。小五悄悄溜进房间里，打开两人的包袱，偷走了肉芝。回到家以后，他吃下了肉芝，跑到镜子前一看，发现脸上的皱纹变少了，身体也更有活力。可是，耳垂却变小了。

第三幕　变短的耳垂

旁白：第二天，小五出门买菜。

小五：阿四，你也出来买菜啊？

路人1：你是？

小五：我是小五啊。你不认得我了吗？

路人1：你不是小五，小五的耳垂可长啦！

路人2：耳垂这么小，长得可真丑。

路人3：你的耳垂这么短，肯定不是聂耳国人吧。

小五：我就是小五，我是吃了仙草才变成这个样子。

路人1：可是，我们聂耳国人的耳垂就是这么长呀。

路人2：我还是更喜欢你原来你的样子。

路人1、2、3：唉……（摇着头转身走）

旁白：大家遇到小五都会对他指手画脚，他心里难过极了。

小五：我好想念我的耳垂呀！我要把我的耳垂找回来，告诉大家我是聂耳国人！

第四幕　寻找解药

旁白：他重新回到客栈，遇到准备离开的唐敖和林之洋。

小五：兄台，请等一等！我……我有一件事情要告诉你。

唐敖：请问是何事？

小五：对……对不起！前段时间是我偷了你们的肉芝。

林之洋：啊！原来是你，你这个小偷！

唐敖：你为什么要偷肉芝？

小五：我只是希望我自己能长寿一点，对不起。

林之洋：我这里有解药，一颗五十金。既然你偷了肉芝，那就还需要再付五十金，总共一百金。

小五：好吧！

旁白：为了感谢林之洋愿意把解药拿出来，小五也拿出了自己的传家之宝——兰花永生花。

小五：这是我家的传家宝。别看它的模样普普通通，与寻常兰花并无区别。可是，几百年来，它不枯不灭。每到深秋开花时节，那花香能传百里哩！

旁白：唐敖接过一看。

唐敖：这不正是我们要找的兰花仙子嘛！太好了！谢谢你。

旁白：带着兰花，他们一行人继续前行。

剧照

第二辑　西游记

内容简介

　　偶戏"西游记"取材于中国古代文学名著《西游记》，该小说被誉为中国古典小说的巅峰之作。故事主要讲述了孙悟空、猪八戒、沙和尚和唐僧师徒四人到西天取经的艰难历程，以及他们在这个过程中如何战胜各种妖魔鬼怪。其中，孙悟空三打白骨精、大闹天宫、智斗红孩儿、智取芭蕉扇等经典情节都被巧妙地融入剧中，通过生动有趣的表演形式展现给幼儿。

智斗金银二王

―― 小一班 ――

道具图

【演员表】

孙悟空（人偶）：鞠铭晴

孙悟空（纸板偶）：施陈烨

唐僧（纸板偶）：施陈烨

猪八戒（纸板偶）：黄曦瑶

沙和尚（纸板偶）：黄曦瑶

土地公（纸板偶）：汤菁峰

金角大王：梁伟琛

银角大王：麦子晴

精细鬼：李泰然

伶俐虫：郑明慧

小妖怪：肖怡畯、姚子腾、黄梓淇、袁萃晴、黄宸熙、徐逸之、王梓、庄博霖、陈梓曦

【剧本】

第一幕　悟空问路，唐僧被抓

（音乐起，师徒四人入场）

旁白：唐僧师徒四人到西天取经。一天，他们来到了一座大山前。

唐僧：悟空，这是什么山呀？竟如此险峻！

孙悟空：师父，您先休息，让我前去打探打探。

（唐僧、猪八戒、沙和尚坐下休息）

旁白：孙悟空腾云驾雾，一个筋斗就翻到了半山腰。他四处张望，发现妖气非常厉害，于是决定把土地公叫出来问问。

孙悟空：嘿！（用金箍棒敲地面）

（土地公转了出来）

土地公：哎哟哎哟，孙大圣，你叫我出来，所为何事呀？

孙悟空：土地老儿，我且问你，这是什么山，山上住着什么妖怪，妖气竟如此厉害？

土地公：此山名为平顶山，山中有个莲花洞，洞中住着两个妖怪，大哥名为金角大王，二弟名为银角大王。他们法力高强，有一个宝物，叫紫金红葫芦。只要把这个葫芦底朝天倒着拿，喊一声别人的名字，如果那人答应了，就会被吸到里面，过上一段时间就会化成脓水，威力可大啦！

孙悟空：哦。（若有所思）

旁白：这边，金角大王和银角大王发现了唐僧。

金角大王、银角大王：嘿嘿，趁着孙悟空不在，我们赶紧把唐僧抓走吧！

（用绳子绑住唐僧、猪八戒和沙和尚）

旁白：等孙悟空回来一看……

孙悟空：哎，师父！师父！师父呢？师父和师弟一定是被妖怪抓走了！我要快点把他们救出来！

（跑进幕后）

第二幕　智取紫金红葫芦

旁白：金角大王和银角大王命令精细鬼和伶俐虫两个小妖拿着紫金红葫芦去抓孙悟空。

（小妖怪出场，音乐——《大王叫我来巡山》）

精细鬼：伶俐虫，我们用葫芦把孙悟空抓回来吧。

伶俐虫：好！

旁白：孙悟空刚好看见了，他心生一计，变成了道士的模样，来到两个小妖面前。

孙悟空：我是蓬莱山的神仙，跟那孙悟空有仇，特地来帮你们一起捉孙悟空。

伶俐虫：（摆摆手笑道）我们有紫金红葫芦，不用你帮忙。

旁白：只见孙悟空拔了根毫毛，变成一个更大的葫芦说——

孙悟空：你们的葫芦只能装人，而我的却能把整个天都装下。

精细鬼、伶俐虫：哈哈哈，我不信、我不信，你装来看看。

旁白：孙悟空念动咒语，假装收天。他悄悄请来哪吒，用一面黑色的大旗，把日月星辰全都遮盖起来。立刻，四周变得一片漆黑。

精细鬼：哇，要是我们把他的大葫芦换过来，岂不是更厉害了！

伶俐虫：大王一定会奖赏我们的，说不定到时候还能分我们点儿唐僧肉呢！

精细鬼：哎呀！我们信了，我们信了，你快把天放了吧。

旁白：孙悟空又念动咒语，哪吒就收了黑旗，天色又亮了起来。

伶俐虫：不如，你跟我们换葫芦吧。有了你的葫芦，我们肯定能抓到孙悟空。

孙悟空：哈哈，好啊好啊。

旁白：换完宝贝，他们都各自心满意足地回去了。两个小妖回去后马上把大葫芦拿给了金角大王和银角大王，两个大王还夸他们聪明呢。

第三幕　智斗金银二王

旁白：拿到真宝贝的孙悟空迫不及待地来到莲花洞口，大声叫喊——

孙悟空：妖怪，快出来！

银角大王：你是什么人？

孙悟空：我是齐天大圣孙悟空。你抓了我的师父和师弟，我来找你算账！快把他们放了。

银角大王（大笑）：好啊，你就是孙悟空，那我叫你一声，你敢答应吗？

孙悟空：哼，怎么不敢？别说答应一声，就是一千声，我也不怕啊！

银角大王（拿出大葫芦，大声喊道）：孙悟空！

孙悟空：你爷爷在此！

旁白：可是，没有任何反应。

银角大王：孙悟空！

孙悟空：你爷爷在此！

旁白：无论银角大王怎么喊，孙悟空都没有被吸到葫芦里面去。这时，孙悟空拿出骗来的真紫金红葫芦。

金角大王、银角大王：咦，他怎么也有一个葫芦？

旁白：只见孙悟空举起葫芦，大声喊道——

孙悟空：你叫我名字我敢答应，那我叫你名字，你敢不敢答应？

金角大王：怎么不敢，你喊！

孙悟空：金角大王！银角大王！

金角大王、银角大王：我在这里！

（"咻"的音效，金角大王、银角大王被吸进去了）

围观的小妖们：不好啦，不好啦，两个大王被吸到葫芦里去了！

（落荒而逃）

旁白：孙悟空也不管他们这些小妖，盖好葫芦盖子，进洞救出了唐僧、猪八戒和沙和尚。平顶山劫难化解，师徒们又踏上了西行的道路。

让戏剧照见童年： 幼儿园偶剧剧本精选

剧照

龙宫取宝
小二班

道具图

【演员表】

孙悟空：李昱錡
老猴子：郑睿涵
龟丞相：邵可欣、谭羽阳、左右天
东海龙王：程亦辰

虾兵蟹将：朱籽立、麦煜宁
海洋生物：张家楠、徐嘉露、李韵竹、麦煜宁、张尹芊、范柏研、何馨语、区硕儒、李韵竹、黄靖雯

【剧本】

🔴 第一幕　潜入东海

旁白：话说孙悟空一直没有一件称心如意的兵器，心里很不痛快。这时候一只老猴子说——（音乐起，孙悟空出场亮相）

老猴子：你去东海龙王那里，听说他有很多兵器，看看有没有你喜欢的，就去借一件吧。

孙悟空：这个办法好！让我用避水法潜到东海海底一探究竟。（放音乐，所有鱼虾蟹畅游）

孙悟空：东海很大，我不害怕。（放音乐，鱼虾蟹躲起来）

🔴 第二幕　勇取如意金箍棒

龟丞相：哪里来的妖猴，胆敢闯东海龙宫。

孙悟空：连我你都不认识，我是上面花果山水帘洞的美猴王孙悟空！

龟丞相：哦！原来你就是传说中的孙悟空啊！我马上去禀告龙王。

孙悟空：好！俺老孙在此等候。

龟丞相：恭请龙王！

孙悟空：拜见龙王！

东海龙王：你好啊，美猴王。找我何事？

孙悟空：我没有一件合手的兵器，想请您送我一件，可行？

东海龙王：没问题！虾兵蟹将！上刀！

东海龙王：美猴王，这是一把坚韧刀，重三千六百斤，非常锋利，你试一下。

孙悟空：让我来，嘿！太轻太轻！还给你！

东海龙王：虾兵蟹将，再上九五钢叉。

孙悟空：让我来，还是太轻！换一件！

东海龙王：这两天定海神针闪闪发光，莫非您就是它主人，请美猴王随我来。

旁白：随后，他们来到海底深处，孙悟空看见一根大柱子，有两丈多长，中间还有几个大字。

孙悟空：啊，这竟是如意金箍棒！

旁白：孙悟空深深呼吸，气势磅礴，一声大喝。

孙悟空：这个兵器我喜欢，若是能更短、更细些，就更合心意。

旁白：神奇的是，金箍棒如他所想，渐渐缩短变细，孙悟空紧握此棒，挥舞自如，如虎添翼。

孙悟空：多谢龙王赠予我此神兵利器！

龙王：美猴王，望你善用此棒，保卫苍生。

孙悟空：谢龙王，我定不负所托。

旁白：言罢，孙悟空便带着金箍棒，一个筋斗云，回到了花果山。

剧照

猴王出世

―― 小三班 ――

道具图

【演员表】

石猴：周睿
猴子1～6：陈诗然、李贝蓁、邱楚知、龙芊语、江汉森、王雪遥

猴子偶1～3：林雅瑶、徐子墨、何玥橦
黑衣人1～2（扬纱布）：麦芷蕊、吴嘉沂
黑衣人3（搬椅子）：田钊泓

【剧本】

第一幕　石猴出世

　　旁白：很久以前，有一个国家叫傲来国。它临近大海，海中有座花果山。山顶上有一块仙石，每天汲取日月精华，有了凌空之气。（配乐：电闪雷鸣）

　　旁白：有一天，仙石崩裂。（配乐：爆炸声）

　　石猴：（皱着眉头，趴在地上，摸着屁股）哎哟，我的屁股。（睁大眼睛，高兴地跳起来）哇啊，这是什么地方？这里好美呀！我好喜欢这里！（配乐：快乐的花果山）

第二幕　群猴嬉戏

　　旁白：花果山上，除了这只石猴，还住着一群可爱的小猴子。（配乐：踩着开心的节奏）

　　猴子1：（看着天空）今天的天气真好，我们去山上玩吧！

　　群猴：好啊！好啊！（配乐：喜悦）

　　旁白：（群猴散落在不同位置玩游戏）这群小猴子在树荫下玩耍，你看他们一个个地在跳树攀枝、采花觅果、跑沙窝、赶蜻蜓、捉虱子、理毛衣，真是有趣。

　　旁白：（群猴聚在一起，好奇地看着石猴）石猴独自在山上行走，听见前面传来热闹的声音。

　　石猴：（指着前面，挠挠头）那边好热闹啊，是谁在里面呢？

　　猴子2：（指着石猴，挠挠头）你你你……你是从哪里来的？好奇怪啊！

　　石猴：我是从石头里面蹦出来的。

　　群猴：啊？

　　猴子1：那你来做什么？

　　石猴：我可以和你们一起玩吗？

　　猴子3：（做游泳的姿势）可以啊！我们要去河里游泳，一起来吧！

石猴：好啊！（配乐：河水＋喜悦）（黑衣人扬起蓝色纱布，猴子们散落在不同位置戏水）

石猴：（指着河水）咦？这河水也不知道是从哪来的，反正我们今天没事干，不如顺着河水往上走，找找源头吧？

群猴：好啊！（配乐：快乐世界）（石猴领头，群猴蹦蹦跳跳地往前走）

第三幕　竞选猴王

群猴：（拍手叫好）哇啊！好水！好水！（配乐：瀑布）

猴子6：哪一个有本事的，钻进去寻个源头出来，不伤身体者，我等即拜他为王！

猴子4：好啊！我宣布！竞选猴王大赛正式开始！

猴子偶1：我先来！这么简单的问题还要问吗？当然是走过去！

猴子偶2：走过去多没意思，我们可以摘一些树叶做成翅膀飞进去！

猴子偶3：我们平时跑得这么快，可以跑进去啊！

猴子偶2：我才不要！我平时跑得最慢，肯定追不上你们。我最厉害的是翻跟斗！我可以翻进去！

猴子偶1：啊？我不会翻跟斗，但是我的脚很长，我可以跨进去！

猴子4：你们说了这么多，谁敢进去？

群猴：（摇头）我不敢，我不敢！

石猴：（举起手，大声喊道）我进去！我进去！

旁白：石猴挺身而出，只见它瞑目蹲身，纵身一跃，跳入瀑布泉中。

石猴：（跳进洞里）哇啊，原来这里是水帘洞，我要把这个好消息告诉他们！

石猴：（跳出洞外）大造化！大造化！

石猴：这个洞叫水帘洞，洞里有石锅、石碗、石盆、石床。真是个安身之处，我们都住进去吧。

猴子4：好啊，你先走，带我们进去！进去！

石猴：都随我来！（配乐：开心、欢快）（石猴领头，群猴一个跟一个地跳过去）

第四幕　拜石猴为王

猴子4：哇啊，这里真好看！

猴子5：我喜欢这里！

猴子4：我要一直住在这里！

石猴：现在你们都进来，何不拜我为王？

群猴：（双手举高，拜猴王）大王千岁！大王千岁！

石猴：今天这么高兴，我们来庆祝一下吧！（配乐：庆祝）（黑衣人搬椅子，一只猴子为石猴戴王冠、捶腿，一只猴子拿着果盘，其他猴子唱歌、跳舞）

旁白：从此以后，石猴高登王位，将"石"字隐去，遂称"美猴王"。美猴王领众猴朝游花果山，暮宿水帘洞，独自为王，不胜欢乐。

剧照

真假美猴王

中一班

道具图

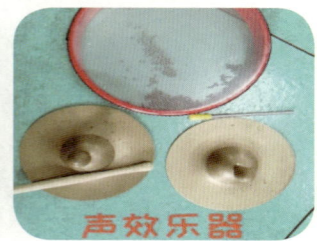

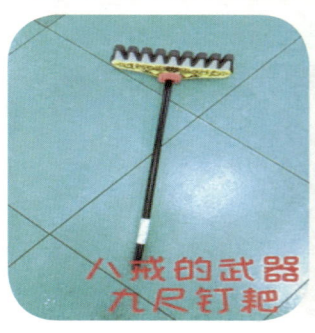

真假悟空及兵器

真假悟空的金箍棒

照妖镜

悟空毫毛变出的小悟空

唐僧的公文包

水沙

手偶唐僧 沙僧 八戒

声效乐器

沙僧武器 降妖宝仗

八戒的武器 九尺钉耙

花果山的老猴子守卫

假悟空送给唐僧的水果篮

【演员表】

旁白：周骏锴
真孙悟空：李卓阳
假孙悟空：伍振烨
观音菩萨：罗悠然
唐僧：林思翰
八戒：韩恩丞
沙僧：林子锐
菩萨身边的书童：顾婷钰
玉皇大帝：王申源
宫女：周沅芷、程仲柔
玉帝身边大臣：朱谦诺
地藏菩萨：邓可瑜
谛听：骆芊语
两龙王：周楚烨、范皓言

佛祖：陈朗昊
报幕板：周楚烨、范皓言
幕布转场：杨健阅、王申源、林子烨、朱家睿
负责操控手偶的演员：
真孙悟空：黄裕茵
假孙悟空：袁呵
唐僧：林思翰
八戒：韩恩丞
沙僧：黄老师
小猴子：朱谦诺、陈浩楠
小孙悟空：梁洛霏、郭思晴、黄心予、陈卓
声效：苏梓晞、谭钧乐

> 【剧本】

第一幕　悟空诉苦

旁白：唐僧师徒四人在前往西天取经途中遇到了几个劫匪，孙悟空知道师父不允许杀生，就略施小计让劫匪自相残杀。唐僧不清楚事情的原委，以为悟空又杀生，于是狠心将他赶走。悟空觉得委屈，来找观音菩萨诉苦。

（音效：悟空飞到观音处）

观音：悟空，你怎么来了？

悟空：（揉眼哭）我……

观音：你哭什么？慢慢说。

悟空：我师父又说我杀人，我怎么辩白，他都不相信。师父得了疑心病，我没法子跟他去西天取经了。

观音：悟空，人生在世，难免会受到一些委屈。

悟空：我什么都受得了，就是受不了委屈，请菩萨取下我头上的金箍，放我回花果山吧。

观音：半途而废是你悟空的性格吗？（边说边带着悟空向前走）悟空，现在你和你师父都需要冷静，我看你还是在我这儿住几天吧。（两人边说边离场）

第二幕　唐僧被打

旁白：悟空在观音菩萨那里安顿下来，可是唐僧、八戒和沙和尚在树林子里艰辛地向西行进。这天，师徒三人累了，就找个地方小睡一会儿。

唐僧：八戒。

八戒：有妖怪。

唐僧：八戒，没有妖怪，你还是快去化些斋饭来吧！

八戒：师父，你先歇着，我这就去化斋取水。

唐僧：八戒去了这么久，他怎么还不回来呀？

沙僧：师父，你等在这儿别动，我这就去找他。

假悟空：师父，俺老孙不在，你可感到寂寞。

唐僧：你还来这儿干嘛？

假悟空：给你送吃的呀！

唐僧：你别老缠着我，我不吃你的东西。快给我走开啊！

假悟空：啊！哼！（声效：摔掉果盘）我要让你知道俺老孙不是好欺负的啊！啊！（声效：挥拳向唐僧打过去）（唐僧倒地晕过去）

（沙僧搀扶着八戒回来，看到师父晕倒）

沙僧：师父，师父！

唐僧：（醒过来）哎，真没想到悟空会是这样的人，他趁你们不在前来报复。我是被他打昏的，我那只包裹也被他夺走了啊。

八戒：你那只装官文的包裹也被他抢走了。他是存心不想让我们去西天了。

沙僧：师父，以前大师兄也出走过，可他从来没这样做。今天这是怎么了？

唐僧：是啊，真奇怪。

八戒：这有什么奇怪的，人是会变的吗？师父，你快把紧箍咒告诉我，让我去教训那猴头。

唐僧：不行！观音菩萨观照我，这紧箍咒，除了我谁也不能知道。

沙僧：师父，我去趟花果山，要是他不肯把官文交出来，我再去南海去找观音菩萨。

唐僧：好，就这么办吧！

第三幕　沙僧遇假悟空

旁白：如果没有公文，唐僧不仅不能去西天取经，连回大唐都会很麻烦。为了要回师父的公文，沙僧急匆匆地赶往花果山……（音效：沙僧去花果山路上）

一只猴子（手偶）：来者何人？

沙僧：请通传一下，我找你们大王。

假悟空（手偶）：谁找我？

沙僧：大师兄啊。

假悟空（手偶）：你，你是谁呀？

沙僧：你怎么连我都不认识了，我是三师弟啊。

假悟空（手偶）：哦，三师弟呀。

沙僧：大师兄，我看你还是把官文还给我们吧！

假悟空（手偶）：我师父就在这儿。你是谁？我还得调查一下呢！

（手偶：唐僧、八戒、沙僧）

沙僧：这是谁啊？我老沙行不更名，坐不改姓，哪儿又冒出来个沙僧啊！妖怪！

（沙僧举起降妖宝杖跑进幕后），手偶悟空和沙僧打起来（声效：兵器打斗声），沙僧跳入深潭中逃走。（声效：落水声）

第四幕　沙僧告状

旁白：沙僧知道自己不是悟空的对手，赶紧逃走。他想不到师兄会如此绝情，不仅不将公文还给他，还要追打他，他一路悲愤地来到观音菩萨处，要状告孙悟空！

（音效：沙僧来到菩萨住处，看到真悟空）

沙僧：（跪地对观音说）这泼猴因为和师父闹别扭离开了师父。前几天又找到师父将他打昏，夺走了师父的官文，如今又跑到这儿来骗你。

观音：悟空来我这儿六天了，他一步也没有离开这儿啊！

悟空：到底发生了什么事啊？你好像还没说完呢。

沙僧：我刚进了花果山，那儿也有一个悟空，他打我来着。

悟空：啊！这家伙吃了豹子胆了。我去会会他。

第五幕　真假悟空相遇

旁白：听说有个和自己一模一样的家伙竟然欺负师父和师弟，一向重情仗义的孙悟空心急如焚地飞往花果山，要为师父和师弟讨回公道！

（音效：悟空飞行）

（悟空飞到花果山），看到一只小猴子（手偶）？

悟空：怎么你们不认识你们的大王啊？

两猴子：我们有了一个大王，怎么又出来一个大王啊？

悟空：那个大王是假冒的，现在在哪里？

假悟空：你才是假冒的呢！

（两悟空打起来）

（声效：兵器打斗）

（此时，沙僧才刚赶到）

假悟空：三师弟，帮我打这只妖怪。

悟空：三师弟，回去告诉师父，我要到菩萨面前辨个真假。

假悟空：找菩萨去。

第六幕　菩萨辨真假

旁白：观音菩萨的宝瓶里装着"神仙露水"，只要妖怪的身体沾上这"仙露"，就会现出妖怪的原形！另外，只要观音菩萨念"紧箍咒"，假悟空也会露出破绽！那么，观音菩萨是否能成功辨认出假悟空呢？我们继续往下看——

（音效：真假悟空飞到菩萨住处）

悟空：菩萨，这妖怪胆大妄为（两悟空争抢着说）

观音：我奉劝假悟空还是自己承认了吧。

悟空：听见没有。自己承认，菩萨就会宽恕你。

（观音滴仙露洒到两悟空身上）（声效：碰铃）

两悟空：菩萨，你的仙露怎么也不能让这妖怪现原形了吗？

（观音念紧箍咒，两悟空打滚）

观音：眼下我也没办法分清你们谁真谁假。可我相信假的总是假的，总有一天会原形毕露。我奉劝他还是站出来，我愿收他为徒。

悟空：听见没有？这可是个改邪归正的好机会。

假悟空：是啊，那你还不赶快现出你的原形来？

两悟空（争吵）：你是妖怪。你是妖怪。你是妖怪。你是妖怪？是妖怪！你是妖怪。你才是妖怪呢！你是妖怪。你是妖怪！

书童：菩萨，我听说天宫玉帝那儿有面照妖镜，能照出妖怪的原形。

两悟空：好，咱们就去照。

第七幕　照妖镜

旁白：话说玉帝的"照妖镜"，的确是非常神奇的法宝，它不但可以照出妖怪的原形，使其无所遁形，还可以追踪妖怪的行踪和降妖除魔。那么，这一次，玉帝的照妖镜能不能照出假悟空呢？我们一起拭目以待！（音效：天宫）

玉帝：来人啊！拿照妖镜来！

（两宫女抬出照妖镜摆在两悟空面前，两悟空对着镜子看，疑惑镜子里两个悟空没有任何变化，假悟空将照妖镜踢烂，宫女惊恐，立即将镜子收拾抬走）

玉帝：（懊悔）我的镜子！

第八幕　雷打火烧

大臣：那二位一定要分出真假，我倒有个主意。

两悟空：什么主意？

大臣：真大圣不怕雷打火烧。你们愿意接受雷打火烧的检验吗？

两悟空：这有什么不敢的。（玉帝、大臣和两悟空转身走进幕后）

（两悟空绑在柱子上，声光电——闪电、两龙王喷火）

大臣：雷打火烧也不行啊，去见地藏菩萨吧，他的坐骑谛听能辨明真假。

第九幕　谛听辨真假

旁白：谛听是地藏菩萨的通灵神兽，可以通过听来辨认世间万物，尤其善于听人心。它的外形像一只大狗，它对地藏菩萨很忠诚！（音效：两悟空落在地藏菩萨面前）

两悟空：拜见地藏菩萨。

地藏菩萨：别说了，（指示谛听）仔细点，别听错了。

（谛听走一圈，分别听完）

地藏：（问谛听）你可听出哪个是妖怪了没有？（谛听与其耳语）

地藏：我的谛听也听不出真假了。你们还是去找佛祖吧。

两悟空：那就不打扰您了。

地藏：你真地没有听出哪个是妖怪？

谛听：听出了，那妖怪确实神通广大，不在悟空之下。我们这儿的人不是他的对手，所以我不敢明说。

地藏：你这个圆滑的家伙。

第十幕　如来的教诲

悟空：佛祖，这妖怪冒充我做了很多坏事。

假悟空：佛祖，他才是冒充我的妖怪。

佛祖：事到如今，假悟空应该自己承认了吧。

悟空：听到了吗？快承认吧。

假悟空：你这妖怪！

佛祖：这假悟空与真悟空同根同源，同样的本领，他不但能知千里以外的事情，还能"灵音查理"。他与真悟空同象同音。一般人实在难以分辨。

悟空：佛祖，他的脸色变了，他是假的。佛祖，快抓住他。（假悟空偶下）

佛祖：不用抓了。此妖因你而来，又因你而去。

悟空：我听不懂。

佛祖：此妖因你心生恶念而生，又因你心存善念而灭。只要你一心向善，此妖不会再生了。回到你师父身边去吧。

悟空：我懂了，谢佛祖！

剧照

大闹天宫

― 中二班 ―

道具图

【演员表】

孙悟空：王奕祎

七仙女1～7：李宁均、麦卓妍、黄晴晞、利颖盈、傅一谨、陈思越、刘越玥

玉皇大帝：闵律衡

托塔李天王：袁子昭

太白金星：李梓铭

偶孙悟空：袁笑

偶二郎神：李询齐

偶天兵天将：梁翊腾、周俊诚、黄子灏、黄文杰

【剧本】

第一幕　蟠桃园之乱

（舞台上布置成一个仙桃园，桃树上挂满了鲜美多汁的桃子）

旁白：一日，孙悟空被玉帝指派去管理蟠桃园，这猴王心中暗自窃喜，终于可以尝遍这天上的美味仙桃了。

（孙悟空兴冲冲地进入桃园，眼神中充满了好奇与兴奋）

孙悟空：（抓耳挠腮）哇！这桃子果然名不虚传，我得赶紧尝尝鲜！

（孙悟空开始大快朵颐，边吃边跳，不时还捉弄一下桃树，桃树轻轻摇曳，落英缤纷。）

（舞台上，一片仙气缭绕的桃园，七仙女舞蹈，七仙女正在忙碌地采摘桃子。）

七仙女1：（欢快地）姐妹们，今年的桃子真是又大又甜啊！

七仙女2：（点头）是啊，这次蟠桃盛会，王母娘娘一定会很高兴的。

（七仙女正摘着蟠桃，突然一只蟠桃变身成了孙悟空）

七仙女3：（惊讶）呀！那不是齐天大圣孙悟空吗？他来做什么？

孙悟空：（得意洋洋）听说这蟠桃会没请俺老孙，哼，那我就不客气了！你们这些小仙女，把桃子都给我摘下来，给俺老孙尝尝！

七仙女4：（小心翼翼）大圣，这桃子是王母娘娘的……

七仙女5：蟠桃盛会可没请你啊……

孙悟空：（得意）俺老孙乃齐天大圣，这蟠桃会怎能不请我？（生气呲牙）

（孙悟空施展神通，将七仙女定住，然后大摇大摆地走进桃园，开始大肆破坏，边吃边将桃子扔得满地都是）

第二幕　偷食金丹

（舞台上布置成一个炼丹房，炼丹炉中冒出袅袅仙气，金丹熠熠生辉）

旁白：孙悟空吃饱喝足后，并不满足，总觉得少了点什么。他的目光瞄向了炼丹炉中的金丹。

孙悟空：咦，这是什么味道？

（孙悟空走到炼丹炉前，看见炉中金光闪闪的金丹）

孙悟空：（眼睛一亮）哈哈，原来是金丹！

孙悟空：（砸吧砸吧嘴）果然是好东西，这金丹的味道就是不一样！

旁白：孙悟空吃了金丹，法力大增，心满意足地离开了炼丹房。

第三幕　天兵天将计收孙悟空

（舞台上，天兵天将严阵以待，玉帝愤怒地坐在宝座上）

旁白：孙悟空大闹蟠桃园、偷食金丹的消息很快传到了玉帝的耳中，他震怒之下，下令天兵天将捉拿孙悟空。

玉帝：（愤怒）孙悟空竟敢大闹蟠桃会，偷食金丹！来人，迅速捉拿孙悟空！

李天王：（手持宝塔）遵旨！众将士听令，捉拿孙悟空！

（天兵天将迅速出动，展开捉拿孙悟空的行动。孙悟空也施展神通，与天兵天将展开激战）

孙悟空：（挥舞金箍棒）哼！你们这些天兵天将也敢与老孙作对？看我老孙大显神通！

（孙悟空施展七十二变，化作一道金光在天际穿梭，天兵天将难以捉摸其踪影。战斗持续了许久，双方势均力敌）

旁白：天兵天将虽然勇猛，但孙悟空变化多端，难以捉摸。玉帝无奈之下，只好请来如来佛祖。

玉帝：（焦急）这可如何是好？孙悟空法力高强，我们该如何捉拿他？

太白金星：（献策）陛下，不如请如来佛祖出手，他定能收服孙悟空。

玉帝：（点头）好，速速请如来佛祖前来相助！

（如来佛祖出现，施展神通将孙悟空压在五指山下）

让戏剧照见童年： 幼儿园偶剧剧本精选

孙悟空：（奋力挣扎，但无法挣脱）啊！我孙悟空今日竟被压在这五指山下！可恨！可叹！

如来佛祖：（庄严）孙悟空，你作恶多端，今日被压在五指山下，也是你命中注定。待你改过自新之日，自然会有解脱之时。

孙悟空：（低头）我知错了……

（舞台渐渐暗淡，孙悟空的身影消失在五指山下，全剧结束）

剧照

智斗红孩儿

中三班

道具图

【演员表】

孙悟空：周卓
猪八戒：陈铭皓
沙和尚：李彦霖
唐僧：刘艺煊
红孩儿：王云倬

牛魔王：潘俊行
观音菩萨：徐慕心
小妖精：邓晞宜、许嘉昕、李皓宸、林钰皓、马翊卿
操控手偶的演员：加亦辉、唐梓煜、谈雪柔

【剧本】

第一幕　初遇红孩儿（皮影）

旁白：师徒四人继续西行，这天，他们来到一座怪石成堆的大山前。

红孩儿：救命！救命！

唐僧：这树上怎么挂着一个小孩，八戒，快快把他救下来！

孙悟空：师父，荒郊野岭，这小孩一看就是妖精，我们莫要管了，继续前行吧！

红孩儿：我不是妖怪，我的父母都被强盗杀了，他们把我绑在这森林里，想让我被野兽吃了，你们都是好人，快帮帮我吧！

唐僧：这孩子好可怜，悟空，快把他救下来，我们背着他前行，不然我就要念紧箍咒了！

沙僧：大师兄，这孩子太可怜了！

孙悟空：知道了知道了，我这就把他背下来。

旁白：孙悟空将红孩儿背在背上，红孩儿用了个重身法。孙悟空感觉背上越来越重，把红孩儿扔在路边的石头上。红孩儿施了个法术，刮起一阵旋风，趁机抓走唐僧。（音效：沙石声）

红孩儿：我乃圣婴大王红孩儿，听说吃了唐僧肉可以长生不老，这唐僧我就带走了！

沙僧、八戒：大师兄！师父被妖怪抓走啦！

孙悟空：不要慌张，土地老儿说，这妖精住在火云洞，我们找他算账去！

第二幕　孙悟空初战红孩儿

（音乐起，小妖精们簇拥着红孩儿出来跳舞）

小妖精：大王英明，大王英明！这么快就抓到唐僧！

红孩儿：小菜一碟！

（音效：砸门声）

孙悟空：妖精，快出来！把我师父还回来，否则俺老孙要你好看！

小妖精：报！大王！外头来了只猴子大喊大叫，说要找师父！

红孩儿：哼！我们去会会他！

（小妖精们推出战车，红孩儿从后面跑出来站到前方）

孙悟空：你就是红孩儿？快把我师父交出来！

沙僧：妖精！快还我师父！

红孩儿：你想得美！小的们，上！

（打斗音效，孙悟空、沙僧和小妖精们打起来）

红孩儿：看我的三昧真火！

孙悟空：咳咳！

（红孩儿喷出火，孙悟空被熏得晕了过去）

红孩儿：哼！什么齐天大圣孙悟空，不过如此！

（红孩儿带着小妖精们下场）

第三幕　八戒请观音

（猪八戒和沙和尚上台，摇醒孙悟空）

八戒：大师兄，大师兄！醒醒！

沙僧：这妖怪好生厉害，连大师兄都打不过他！

孙悟空：咳咳，这妖怪的火太难灭了。我看，我们得请观音菩萨来帮忙。可我现在浑身无力，咳咳！

（红孩儿蹑手蹑脚出场，在一旁偷听）

八戒：大师兄，这你就不用愁了，不如，让俺老猪去请观音菩萨吧！

孙悟空：也好，也好！

沙僧：二师兄，一路小心！

红孩儿：他们要去找观音，哼哼，让我去会会这只猪！

（孙悟空、沙僧退场，八戒往前走，红孩儿学观音打坐坐在路边）

八戒：观音菩萨！弟子悟净拜见菩萨！

假观音：悟净，你怎么在这儿？

八戒：菩萨有所不知，我师父被火云洞里的红孩儿抓走了，这红孩儿的三昧真火太难灭了，还想请菩萨帮帮我们！

假观音：这妖精法力高强，你们肯定是打不过的，快带我去这火云洞，把唐僧救出来！

八戒：是！

（假观音和八戒来到火云洞前，红孩儿现出原形）

八戒：怎么是你！

红孩儿：你也太好骗了吧！还想抓住我，没门！小的们，把这头猪押下去！

小妖精们：是！

八戒：大师兄，快来救我！

第四幕　悟空扮牛魔王

沙僧：大师兄，二师兄久久不回，别是出什么事了吧！

孙悟空：这个呆子怕不是被抓了，待我去打探消息！

沙僧：大师兄，千万小心！

旁白：孙悟空摇身一变，变成小苍蝇飞进火云洞里。（皮影）

红孩儿（皮影）：小的们，快去请你们老大王来，告诉他来吃唐僧肉！

小苍蝇（皮影）：这红孩儿的父亲是我那老大哥牛魔王。嘿，让我去会会这些小妖精！

（皮影下，牛魔王上场，假装在打猎）

小妖精们：老大王，老大王！我们正要去找您呢？

假牛魔王：哦？找我何事啊？

小妖精们：圣婴大王抓了唐僧，想请您一块儿享用呢！这唐僧肉吃了可是会长生不老！

假牛魔王：还有这好事，那我们速速回去！

（假牛魔王和小妖精们来到火云洞里，红孩儿出来迎接）

红孩儿：孩儿拜见父王！父王，我昨天抓了唐僧，我们快一起吃了他吧！

假牛魔王：哎呀呀，那可是齐天大圣孙悟空的师父，快快放了他！不然这猴子闹起来可不得了！而且我最近正在吃素呢，这唐僧肉我是吃不了了！

红孩儿：（往前走一步）咦，我父王最喜欢吃肉了，怎么怪怪的，让我试一试他！

红孩儿：父王，你怎么改吃素了？这可不像你，我问你，我的生日是什么时候？

假牛魔王：这……这……我忘了。

红孩儿：你果然是假的！来人！给我打！

孙悟空：（现出原形）嘿，哪有儿子打老子的！

（音乐起，孙悟空和红孩儿打起来，音乐停，双方退场）

第五幕　观音收圣婴

旁白：孙悟空变成一道金光飞到南海珞珈山，他来到观音菩萨前。（皮影）

孙悟空：菩萨！菩萨！

观音菩萨：悟空，你怎么来了？有什么事吗？

孙悟空：菩萨有所不知！这枯涧山里的红孩儿会喷火，抓走了我师父，他还冒充您骗走了八戒！

观音菩萨：岂有此理！你带路，去把这妖精引出来，我去收了他！

（出真人，观音和孙悟空来到火云洞前）

孙悟空：红孩儿，快出来！我是你父王的兄弟，你还得叫我一声叔叔呢！快出来！

红孩儿：你怎么又来了！（对着观音）你是谁？你是猴子请来的救兵吗？哼，看招！

（红孩儿朝着菩萨刺去，孙悟空挡了一下）

观音菩萨：悟空！

71

（菩萨留下观音座，和悟空下场，红孩儿追了两步）

红孩儿：切，观音菩萨也不过如此，这是什么？（看向莲花座）真漂亮！

（红孩儿爬上莲花座，天罡刀出现）

红孩儿：救命啊救命啊！好痛啊好痛啊！

观音菩萨：你可愿意成为我的弟子，我封你为善财童子。

红孩儿：弟子愿意！

观音菩萨：收！

（天罡刀倒下，红孩儿跳出刺向观音）

红孩儿：你想得美！我才不要成为你的弟子！

观音：合！

（红孩儿的双掌合在胸前，怎么用力也分不开，观音菩萨往红孩儿头上套圈）

红孩儿：你对我做了什么！快放开我！（红孩儿挣扎）

观音菩萨：我再问你，你可愿意成为我弟子？

红孩儿：我愿意我愿意，只要你放开我，我什么都愿意！

观音菩萨：开！

红孩儿：（双手合十）弟子红孩儿拜见观音。

观音菩萨：悟空，快去救出唐僧、八戒，这样好早些上路。我带着这妖精回去了！

孙悟空：是，弟子在此谢过观音菩萨！

沙僧：谢谢观音菩萨！

（观音菩萨带着红孩儿下场）

第六幕　救出唐僧、八戒

沙僧：师父！二师弟！我们来了！

（绑着的猪八戒和唐僧上场）

猪八戒：大师兄，你们终于来了！

（孙悟空和沙和尚为唐僧、八戒松绑）

孙悟空：这妖精已经被观音菩萨收服了，师父、二师弟，你们受苦了，我们继续上路吧！

（旁白：就这样，唐僧师徒一行四人，继续踏上了西天取经的道路……）

剧照

三打白骨精

大一班

道具图

【演员表】

唐僧：罗婧诗　　　　　老爷爷：陈宇恒
悟空：戚灏蕊　　　　　白骨精：黄宥棕
猪八戒：周文盛　　　　小妖甲：张洪铭
沙僧：罗崇沛　　　　　小妖乙：文梓迪
女子：汤菁岚　　　　　小妖丙：马以文
老太婆：叶彦红

【剧本】

第一幕　师徒来到白虎岭

旁白：话说唐僧师徒四人自长安出发，上西天取真经。一路上妖魔鬼怪横行，险象环生，可谓艰辛异常。然而师徒四人不畏艰险，心志始终如一。

悟空：八戒，快点儿！（悟空翻筋斗带领其他3人出场，并绕场一圈后站定于后场）

旁白：这一天，他们来到了"白虎岭"，只见这里重峦叠嶂，树木参天，薜萝满目，芳草连天；虫鸣鸟叫之处，更见千尺大蟒喷愁雾，万丈长蛇吐怪风，看来又是一处龙潭虎穴、险阻重重之地。

（动物群舞+树妖舞蹈）

八戒：（懒洋洋）猴哥，咱们都一天没吃东西了，你看我的大肚子都饿扁啦！

沙僧：又累又热。

唐僧：八戒，你不是才吃过冬阴功汤吗？怎么又饿了？

悟空：没关系，一个筋斗云，满载美食归。

八戒：师兄真棒耶！

沙僧：可是师兄，要是妖怪来了怎么办？

悟空：八戒、沙师弟，你们两个好好保护师父，我很快就回来。

唐僧：八戒，你我四大皆空，肚子空空，奈我如何，阿弥陀佛。

第二幕　黑光效果：白骨洞

白骨精：我是修炼千年的白骨精，听说去西天取经的唐僧要路过我的宝山，那唐僧乃金蝉子转世，吃了他的肉可就长生不老啦。

白骨精：那我抓到他该怎么吃呢？

小妖甲：烤着吃、炒着吃、炖着吃。

小妖乙：我说炸着吃，再蘸上甜辣酱、番茄酱、千岛酱、芥末油、老干妈辣酱。

白骨精：好了好了，别吵了，看我变化去抓那唐僧。

第三幕　一打白骨精

女子：小女子年方二八，貌美如花，只求那唐僧肉来保我容颜千年不老，哈哈哈哈哈！（婀娜行走绕到师徒前面）几位长老，你们一定饿了吧？我这里有热乎乎的饭菜，你们吃点儿吧！

（师徒三人深呼吸）

八戒：嗯，嗯，好香好香！（边说边流口水）

唐僧：阿弥陀佛，这位施主，贫僧谢过啦！我的大徒弟已经去化斋，很快就回来了，您就留着自己吃吧！

八戒：师父，那猴哥不知什么时候才能回来，我们就先吃点儿吧！

（悟空回，后台转前台）

悟空：（指着女子大喝一声）你是谁？

八戒：她是好心给我们送饭菜的施主！

悟空：不对，她分明是个妖怪！妖怪，看打！（冲上前去一棍打死）

旁白：真正的白骨精化作一缕青烟溜走了，留下一具假尸体。

唐僧：（吓倒在地）悟空，你……你干什么。

悟空：师父，我有火眼金睛，她骗得了你，骗不了我。

八戒：师父，你别信他，人家分明是好心给我们送饭菜的，现在被你打死了，我们都没得吃了。师父，你不要放过他。

唐僧：你这猴头胡乱杀人，我要出我的超级无敌紧箍咒啦！

悟空、沙僧：师父不要！

悟空：师父你饶了我这一次吧！

沙僧：师父，师兄再也不敢了，饶了他吧！

唐僧：好吧，这一次就饶了你，以后不许再杀人！

悟空：师父，我知道了！

第四幕　二打白骨精

老奶奶：（边喊边出）女儿啊，女儿，你在哪儿，你在哪儿啊？我就不信，煮熟了的鸭子还能飞。

老奶奶：（问唐僧）师父，师父，你看见我那貌美如花的女儿了吗？

唐僧：哦，你女儿啊，她……她被……

八戒：不是不是，我们没有看见。

沙僧：嗯嗯，没看见。

唐僧：八戒你们退下！施主，你的女儿被我那不才的徒儿给打死了。

老奶奶：打死了？

唐僧：对不起呀，你就节哀吧。

悟空：妖怪，哪里跑？（又一棍打死）

旁白：白骨精又化作一缕青烟逃走了。

唐僧：悟空，你又干什么！看我的紧箍咒。（念咒语）

悟空：（满地打滚，连声求饶）师父好疼啊，好疼啊，别念了，求你别念了！

沙僧：（跪拜师父）师父，师兄已经知错了，你就饶了他吧，师父别念了！

唐僧：（停咒语）你连番杀人，实在可恶，下次再犯你就给我走，我再也不要你这个徒弟了！

悟空：师父我知道了，我再也不敢！

第五幕　三打白骨精

老公公：女儿，老婆，你们在哪儿啊？长老，你们好啊，请问有没有见到我的女儿和老伴儿？

唐僧：（支支吾吾）她们，她们……

老公公：（一把捉住唐僧）看我还不抓住你。

唐僧：（呼救）悟空救我……

悟空：（冲过来指着妖怪）又是你这死妖怪，看我一棍打死你！

老公公：毛猴子，坏我好事儿，看我现真身。

（黑光效果）（悟空斗白骨精）

八戒、沙僧：（害怕）真是妖怪，真是妖怪！

（开灯）（悟空打死白骨精）

悟空：师父你看，他是一个白骨精。

第六幕　师徒四人继续上路

八戒、沙僧：师兄好棒，师兄好牛！

唐僧：（点头）悟空，你果然没错，为师刚才错怪你啦！

悟空：没事没事，以后我继续斩妖除魔。

八戒：保我师父。

沙僧：西天取经。

唐僧：修成正果。

悟空：师父，我们走吧。

旁白：孙悟空打败了白骨精，师徒四人又再出发，踏上西天取经的漫漫征途！

四人退场（音乐起——《敢问路在何方》）。

第二辑　西游记

剧照

智取芭蕉扇

大二班

道具图

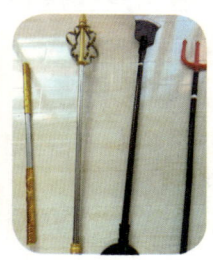

【演员表】

旁白：甘鸣岚

孙悟空：巫芃宏

铁扇公主：麦熙涵

牛魔王：汤万禄

猪八戒：毛郡禾

唐僧：张恩尘

沙僧：周乐朗

哪吒：周熙怡

侍女甲、乙：汪雨橦、周宇辰

小鸟：符浩宸

老鹰：蔡彦衡

梅花鹿：曾婧羽

老虎：刘晋朗

狮子：刘力恒

大象：关心橼

火焰仙子：黄筱榆、陈彦颖、邱楚瑜、蔡玥、敖紫涵

风雨仙子：张雅涵、潘芷晴、陈心宁、梁祎潼、李安然

牛偶：何紫瑜、许锦桦、陈扬凌、谢学谦、孙梓骐、汪品元

【剧本】

第一幕　悟空灭火失败得知受骗

（人物：师徒四人）

（场景：火焰山背景板；火焰仙子拿着红色扇子蹲在火焰山下，微弱抖动手中扇子）

（唐僧、猪八戒和沙僧出场）

画外音：话说唐僧师徒四人在取经的路上，途经火焰山。时值秋日，本应凉风习习，秋高气爽，可是火焰山燃烧着熊熊的大火，让人酷热难耐。如今师徒三人正在等待着向铁扇公主借宝扇归来的孙悟空。

猪八戒：（起身张望）师父，这猴哥什么时候才能回来啊？

唐僧：八戒莫急！莫急！

猪八戒：可是这火焰山太热了！（擦汗）唉！如果猴哥借不到宝扇，灭不了这八百里火焰，那我们还怎么去往西天取经呢？

沙僧：（起身）二师兄，大师兄一定能借到宝扇的！再等等吧！

（孙悟空拿着芭蕉扇在舞台左侧出场；唐僧三师徒在舞台右侧自走一圈）

孙悟空：嘿嘿！这回俺老孙可算是借到了铁扇公主的宝扇！俺这就赶去火焰山灭火。

（孙悟空转到"火焰山"后侧，站在偶台后放置的椅子上，探出半个身子）

猪八戒：师父，快看！猴哥在山上灭火呢！

孙悟空：（用力一扇）咦，怎么火势竟变大了？

（看着扇子片刻，火焰仙子起身大幅度舞动手中扇子表示火势更大）

唐僧：悟空，小心！

猪八戒：这扇子是假的吧？

沙僧：扇子好似有问题啊。

（孙悟空走到台前）

孙悟空：（扔掉芭蕉扇）哼，好个铁扇公主，居然借俺老孙假扇子，看我怎么收拾你。

第二幕　悟空假扮牛魔王骗得宝扇

（人物：孙悟空、铁扇公主）

（场景：翠云山芭蕉洞）

画外音：孙悟空赶到了翠云山芭蕉洞。到达洞口的孙悟空想了一想，灵机一动！

（孙悟空气得不得了，抓耳挠腮）

孙悟空：有了！俺要变成牛魔王的样子把宝扇骗到手。

（音乐起，孙悟空退场，喷出烟雾，同时"假牛魔王"上，至洞前敲门）

侍女甲：（开门）大王回来了！

（铁扇公主笑脸相迎）

假牛魔王：我听说孙悟空来借我们的宝扇，你借给他了吗？

铁扇公主：（大笑）借是借了，不过给他的是把假扇，也许他们现在已经被烧死了呢。

假牛魔王：真扇子呢？拿来给我瞧瞧。

铁扇公主：（拿出芭蕉扇）在这呢。

（音乐起，"假牛魔王"退场，喷出烟雾，同时孙悟空上场）

孙悟空：哈哈哈，你看我是谁？

铁扇公主：（铁扇公主一看，吓得跌倒在地）你，你……我竟然上当了！

孙悟空：俺老孙这就去扇灭八百里火焰！

第三幕　牛魔王假扮八戒夺回宝扇

（人物：牛魔王、铁扇公主）

画外音：这孙悟空拿到宝扇后，刚走不一会儿，牛魔王就追到了翠云山！此刻牛魔王已经到了芭蕉洞前。

（牛魔王来到芭蕉洞）

牛魔王：开门！开门！

侍女乙：（开门）啊？大王回来了！

（铁扇公主怒气冲冲，叉腰拔剑）

牛魔王：宝扇还在吗？

铁扇公主：（手中宝剑刺向牛魔王）泼猴，你还敢来！

牛魔王：娘子，你看清楚！我是你的夫君——牛魔王！

铁扇公主：啊？你真的是牛魔王？

牛魔王：果真那猴子来过了？

铁扇公主：哎呀！夫君啊！那猴子变成你的模样，把我的宝扇骗走了。

牛魔王：哼！这猴子胆子不小啊！看我怎么把宝扇夺回来！

牛魔王：我要想个方法才行。

（音乐起，牛魔王退场，喷出烟雾，同时"假猪八戒"上场）

（孙悟空扛着宝扇出场；"假猪八戒"追上孙悟空）

假猪八戒：猴哥，师父让我来接你。这就是宝扇吗？让我来拿着吧。

（孙悟空递上芭蕉扇，转身向前走）

（音乐起，"假猪八戒"退场，喷出烟雾，同时牛魔王上场）

牛魔王：（摘下猪八戒面具）泼猴看清楚了！我是谁？

孙悟空：好你个老牛，竟然假扮八戒！

（音乐响起，牛魔王拿起三叉与孙悟空打斗起来；灯光变色闪烁）

第四幕　牛魔王落败献出宝扇

画外音：牛魔王与孙悟空展开了一场大战！结果牛魔王败下阵来！他想利用法术逃跑，可是悟空紧追不舍，结果就出现了孙悟空大战牛魔王。

小鸟：老牛变身小黄鸟，保准猴子你认不出！

老鹰：你个牛精哪里逃，休想骗我火眼金睛！

梅花鹿：老牛变身梅花鹿，保准猴子你认不出！

老虎：你个牛精哪里逃，休想骗我火眼金睛！

狮子：老牛变身狮子王，保准猴子你认不出！

大象：你个牛精哪里逃，休想骗我火眼金睛！

（牛偶在舞台下右侧出场，手电筒追光）

牛偶：哈哈哈！老牛我显出真身！我是天地第一，牛！牛牛牛！看谁能把我降伏！

（哪吒出场）

哪吒：哼！小牛你敢夸海口，你可真是不害臊！今天我哪吒就来收了你！

（音乐响，哪吒与牛偶打斗）

牛偶：金木水火土！

（牛偶掀开牛皮，六头小牛出现，把哪吒包围）

哪吒：嘿——

（包围哪吒的六头小牛倒地，牛魔王双手捧着芭蕉扇出场）

牛魔王：别打了别打了，我把扇子借给孙悟空还不行吗？

（孙悟空出场，从牛魔王手中拿过扇子；倒地的六头牛撤场）

第五幕　扑灭山火，师徒成功赶路

（场景：火焰山）

（人物：师徒四人）

画外音：孙悟空拿到了真宝扇，赶紧来到了火焰山。

孙悟空：（用芭蕉扇用力一扇）咦，这宝扇果真厉害！一扇熄火啦。

（火焰仙子歇息表示熄火）

孙悟空：俺老孙再扇第二下，呀！第二扇生风了。

（风雨仙子出场，跑一圈后站好一横排舞蹈）

孙悟空：俺老孙再扇第三下，第三扇下雨了。

八戒：师父，看！大火熄灭了！

唐僧：（双手合十，念念有词）阿弥陀佛！

84

沙僧：呵呵，好凉快啊……

孙悟空：师父、八戒、沙师弟，我们继续赶路吧！

画外音：扇灭了火焰山的大火后，孙悟空把扇子还给了铁扇公主，师徒四人继续西行，再次踏上了取经之路。

剧照

错坠盘丝洞

― 大三班 ―

道具图

【演员表】

旁白、画外音：毛跃玲

唐僧：张展豪

孙悟空：徐亦明

八戒：李星宏

沙僧：谭浩彬

蜘蛛精1：王韵茹

蜘蛛精2：何梓晴

蜘蛛精3：钟礼妍

蜘蛛精4：关靖珩

蜘蛛精5：段佳宜

蜘蛛精6：伍子君

蜘蛛精7：李月瑜

【剧本】

第一幕　唐僧萌生化斋意

旁白：有一天，唐僧师徒来到一座大山，孙悟空去探路，唐僧、八戒和沙僧在树林里面休息。

唐僧：你看看八戒，睡得像猪一样。

画外音：嘿，他本来就是猪呀！

唐僧：哎，悟净呢，又去整理内务了？

画外音：洗衣服就洗衣服呗，还整理内务呢？不过话说回来，悟净是谁啊？

唐僧：悟净？悟净就是你们所说的沙僧咯，我徒弟啊，这都不知道吗？

唐僧：哎呀，有一点饿了，要不我去化斋？

画外音：麻烦说点能听懂的！

唐僧：意思是肚子饿，要去找点吃的。

第二幕　唐僧身陷盘丝洞

众蜘蛛精：痴线蜘蛛条蜘蛛丝粘住枝树枝……

蜘蛛精1：你们闻一下，好像有唐僧的味道？

蜘蛛精2：对喔，听说那个唐僧笨得跟猪一样。我们一定可以把他捉住。吃了唐僧肉，就可以长生不老了。哈哈哈……

唐僧：阿弥陀佛，女施主，贫僧前来化斋。

蜘蛛精3：哎呀，别说那么多啦，先进来吧。

蜘蛛精4：你想吃什么呀？我们这里有好多好吃的呢，你看，香肠、披萨、汉堡包、鸡腿、鸡翅、三明治，什么都有哦。

唐僧：为什么都是肉啊？我是出家人，要吃素呢。

蜘蛛精5：吃素？师父，你究竟想吃什么啊？

唐僧：呃……例如，胡萝卜啦。

蜘蛛精6：嘿，胡萝卜有什么好吃的呀？

唐僧：当然啦，你不知道吗？小白兔，白又白，两只耳朵竖起身，爱吃萝卜爱吃菜，蹦蹦跳跳真可爱。

蜘蛛精5：啊？原来你是属兔的呀？

蜘蛛精7：嘿，胡萝卜？简单啦！我们这里还有茄瓜、丝瓜、青瓜和白菜，都给你，都给你。

蜘蛛精1：长老，你从哪里来？要去哪里呀？

唐僧：嗯，贫僧从东土大唐来，要去西天拜佛求经啊。

蜘蛛精2：哎呀！我怎么记得好像有一句话，就是说我之前走得好几双鞋都烂了，一直找不到，现在你自己送上门啊，真的太好了！哈哈哈……

蜘蛛精3：嘿，你怎么这么没文化，那句话是这样说的："踏破铁鞋无觅处，得来全不费功夫。"

蜘蛛精2：啊，对对对，就是这句。

唐僧：各位女施主，我们好像不认识吧？你们为什么要找我？

蜘蛛精4：师父，一次生两次熟，来吧来吧，我们一起跳舞吧！

（唐僧与蜘蛛精们共舞）

（关所有灯，开黑光灯）

唐僧：阿弥陀佛，善哉善哉！原原原……原来你们是妖精呀？

众蜘蛛精：哈哈哈……终于把你捉住了！哈哈哈……

唐僧：悟空，快来救师父啊！

蜘蛛精5：来了盘丝洞，想走？没那么容易。

蜘蛛精6：好，那我先去劈柴。

蜘蛛精4：我来磨刀吧。

蜘蛛精1：我去煲水。

蜘蛛精5：我就负责焖吧。

蜘蛛精3：七妹，你记得多拿点酱料来哦。

蜘蛛精7：好，我们分头行动。

众蜘蛛精：好啊好啊。

（众蜘蛛精退下，孙悟空从幕后出）

第三幕　孙悟空救师

孙悟空：师父，我来了。

唐僧：悟空，你终于来了。好！好！

孙悟空：想吃我师父？先问问我的金箍棒吧。

（蜘蛛精从幕后出）

蜘蛛精6：想救唐僧，没门。

众蜘蛛精：看看我们有多厉害吧，接招！

（孙悟空激战众蜘蛛精）

（关黑光灯，开舞台灯）

八戒：师父师父，我们来了。

沙僧：师父，你没事吧？

孙悟空：八戒啊八戒，你就知道吃和睡。

八戒：大师兄，我知错了。

唐僧：算了，这次幸亏悟空及时赶到，我们收拾收拾，继续赶路吧。

让戏剧照见童年： 幼儿园偶剧剧本精选

剧照

第三辑　武松打虎

内容简介

偶戏"武松打虎"是根据中国古典名著《水浒传》中的经典片段改编而成的儿童剧目。主人公武松在回家探望兄长的途中，路过景阳冈，在冈下酒店畅饮十八碗酒后，不听店家劝阻，执意要独自过冈，而后遇见了一只凶猛的老虎。武松与老虎展开了一场惊险的搏斗。在战斗中，武松凭借其卓越的武艺和勇气，最终将老虎打死，为当地老百姓除去了一大害。

武松打虎 I
小一班

道具图

【演员表】

武松：罗婧诗

老虎：谭铠彤

掌柜：巫子睿

店小二：陈宇恒

知县大人：赵子墨

老虎A、B：汤菁岚、赵梓君

路人A、B：文梓迪、刘芷瑜

旁白：戚灏蕊

群众：利盈漾、黄宥椋、官歆、邢慕清、邢慕昀、刘灏宇、黄若杉、叶彦红、邓昊晴、周文盛、林嘉宇、马以文、甘煜轩、何玥莹、张洪铭、赖文昊、苏洛司、梁峰、吴义泽

【剧本】

第一幕　武松畅饮好酒

旁白：有一天，武松要去看望哥哥武大郎，赶路有点累了，正好看见路边有一家酒馆，于是武松决定在这里歇歇脚、饮饮酒！

店小二：客官，里面请！

武松：小二，给我来四坛好酒和两斤牛肉！

掌柜：客官，我们这里三碗不过冈啊！您喝多了会醉倒的啊！

武松：呵！三碗！别说三碗，就算三十碗！俺也不会醉！快给我上酒！

掌柜：客观，牛肉来了！

小二：客官，请慢用！

武松：嗯，啊！好酒，好酒！

第二幕　武松强势过冈

旁白：武松一共喝了十八碗酒。他把酒肉钱付了后就要起身离开。掌柜和店小二立刻拦住了他。

武松：你们这是想干什么？

掌柜：客官，不能过冈啊！

武松：为什么不能过冈！

店小二：山上有大老虎！大老虎已经伤了四五个人了！

武松：呵！我才不相信！

掌柜：客官，你不信？你看，皇榜上写着呢！

武松：就算真的有老虎，我也不怕！你肯定是想我住下，赚我的钱罢了！让开！

第三幕　武松奋力打虎

旁白：武松离开了酒铺后，就径直往景阳冈走去，走了好久，武松觉得有些困了，正好遇见一块大青石。

武松：哎呀，怎么头晕晕的，看来真是有点醉了。哎哟，好累呀！诶，有块大青石，先睡一觉再上山吧！

老虎：呼，好几天没吃东西了！肚子真饿呀！（这里闻闻，那里嗅嗅）唔，有人，有酒味。好哦，今天我又要大饱口福了。（拍拍肚皮）

武松：（吓得一惊，猛地坐起）哇，刮的什么风？这么厉害，（睁开眼睛）啊！大老虎，真的有大老虎！（跃起）

（老虎往上一扑，武松一闪，闪至背后，老虎又把腰一掀，武松又闪在一边；老虎用尾巴一剪，武松又闪在一边）

（老虎开始泄气，耷拉着脑袋兜圈子，一兜兜回来，武松提起哨棒一劈，打在树上，哨棒断了。老虎发起性来，扑向武松。武松后退，老虎把两只爪搭在武松面前，武松丢下哨棒，双手抓住老虎顶花皮往地下按，老虎挣扎，武松死命按住，用拳打、脚踢，老虎渐渐没有气了！不能动弹）

武松：看你还敢不敢再吃人！（想提老虎，提不动）

第四幕　武松遇见猎户

旁白：武松打死了大老虎，已经筋疲力尽了。他想，要是再往前走，可能还会有大老虎，还是先下山歇歇脚吧。武松走着走着，突然看见前面不远处出现了两只大老虎！

武松：不好！怎么还有大老虎啊！

老虎A：哎呀，你踩到我的皮了！

老虎B：嘘嘘嘘！别说那么大声，一会被老虎听见可就惨了！

武松：你们是什么人！

老虎A：我们是奉命捉拿老虎的猎户！

武松：老虎已经被我打死了！

老虎B：真的假的！你吹牛吧！

武松：不信？我带你们去瞧一瞧！

老虎A、B：真的啊！我们把它抬下去，赶紧把这个好消息告诉知县大人！

第五幕　打赏封官

旁白：很快，知县大人及阳谷县的老百姓们都知道了这件事！

知县大人：来人啊！给我们的打虎英雄送上一千两银子！

武松：（跪拜）多谢大人！大人，您还是把这些银子都赏给猎户们吧！他们日日夜夜都在捉拿老虎，他们更辛苦！

知县大人：好好好！那就封你为都头吧！

武松：谢大人！

知县大人：来人啊，准备车驾、乐队，上街游行宣扬我们的打虎英雄！

路人A：大家快看啊！打虎英雄武松来了！

路人B：武松了不起，真是英雄好汉啊！

群众：山东武二，打虎英雄！山东武二，打虎英雄！山东武二，打虎英雄！

旁白：从此，大家一传十，十传百，便都知道了武松打虎的故事！

让戏剧照见童年： 幼儿园偶剧剧本精选

剧照

武松打虎 II
小二班

道具图

【演员表】

村民（偶）：刘芊妤

县官（偶/真人）：谢学谦

衙役（偶/真人）：汪品元、孙梓骐

武松（偶）：汤万禄

店小二（偶）：周熙怡

武松：关心橡

老虎：巫芃宏

猎户：蔡彦衡

村民1、2：甘鸣岚、麦熙涵

树：邱楚瑜、梁祎潼、许锦桦、刘力恒

十人组团：蔡玥、刘晋朗、符浩宸、曾婧羽、陈谚颖、汪雨橦、潘芷晴 陈扬凌、黄筱榆、何紫瑜

背景道具：周乐朗（衙门背景/酒家旗帜）、陈心宁（酒家背景）、李安然（举告示牌）

【剧本】

第一幕 景阳冈有虎，需结伴同行

旁白：小朋友们，今天我们要来讲个《水浒传》的故事，名字叫作"武松打虎"。这个故事从一个名叫景阳冈的地方说起。话说景阳冈是一座高高的大山，山下住着许多村民，以前村民们总喜欢到山上打猎或是游玩，可是最近大家都不敢上山。这是为什么呢？因为景阳冈上有老虎，而且老虎还会咬人、吃人。这天，有个大胆的村民上山了。走着走着，就听到了老虎的叫声，村民大喊——

村民：救命啊！有老虎！

旁白：村民吓得拔腿就跑。一溜烟的工夫，就跑到了衙门。县官升堂，村民哆哆嗦嗦地说出了事情真相。

村民：大老爷，不好啦！景阳冈上有……有……有老虎！

县官：这是真的？

村民：是真的。

旁白：县官说到这里，拿起令牌，说道——

县官：衙役们，听令！给我去景阳冈立个告示牌，上面要写：一人不过冈，十人以上才能组团通行。

衙役：是！遵命。

旁白：从此，景阳冈上有了告示牌。

（演员举着告示牌出场，上面写"一人不过冈，十人以上才能组团通行"）

之后，上山的村民总是结对出行。

（村民们出场）

村民1：1、2、3、4、5、6、7、8、9、10！我们集合去景阳冈了！

村民2：快走吧！快走吧！小心老虎吃人啊！

旁白：虽然十人同行，可是大家还是害怕那吃人的大老虎。（过场音乐）

第二幕　武松赶跑大老虎

旁白：这天，武松要去看望哥哥武大郎，正好途经景阳冈。武松又累又饿，正好看到了景阳冈山脚下有一个酒店，酒店上方还有一面旗，上面写着：三碗不过冈。武松推门进入，店小二迎了上来。

店小二：客官，您请！

旁白：武松大喊一声——

武松：店家，拿酒来！

店小二：哎！来啦——

旁白：店小二给武松拿来了酒和肉。武松一口气喝了十八碗。（出示翻牌数字）武松吃饱喝好以后，提着哨棒就起身往门外走，酒店老板慌忙拦住。

店小二：前面的景阳冈有老虎，现在上山很危险。

武松：我在景阳冈走过许多次，从来没听说有老虎。

旁白：武松说完就走出了门外。（真人武松出场）

旁白：武松走上了景阳冈。天渐渐黑了，于是看到了一棵大树。在大树下有一块大青石。于是武松躺在大青石上休息了。不一会儿，有一只吊睛白额大老虎正悄悄地向武松靠近。大青石旁边的魔法树，轻声叫唤着。

树：武松快醒醒！老虎来了。

旁白：这时武松一下站起身，刚举起哨棒。那大老虎咆哮着扑向武松，武松一闪，闪到老虎背后，扑空的老虎猛一转身想撞倒武松，结果又失败了。这下老虎可生气了，转过身，又扑向武松，武松给了老虎一棒，老虎被打得晕晕乎乎得原地转圈。老虎刚站稳，武松又给了老虎一棒。老虎开口说话了——

虎：哇！英雄，别打了，我这就离开景阳冈。

旁白：这时魔法树开口说道——

树：太好了，太好了！武松把老虎赶跑了。（魔法树演员退场）

第三幕　村民喜迎打虎英雄

旁白：武松打跑老虎的事，传到了村子里。

（村民们出场）

村民们：武松打跑了老虎！武松打跑老虎……

老村长：这下我们上山就安全了。

猎户：我也可以自由捕猎物了。

村民1：我们要谢谢武松！

村民2：对！我们把武松接来村子里。

旁白：武松来到了村子里。这时县官和衙役也来了，县官说道——

县官：武松为大家赶跑了老虎。真是"打虎英雄"。

村民们：英雄！英雄！英雄！

旁白：村民敲锣打鼓，可热闹了！从此，人们就把打虎英雄武松的故事传了一代又一代！

剧照

武松打虎 III
中一班

道具图

【演员表】

武松：黄梓桐

老虎：麦家淇

村民（妇女）：仝欣瑷、谢沁孜、曹佳安、曾羽彤、黎璧瑛

村民（壮丁）：张舒、何翊钧

店小二：黄力行、王项杨

树：杜泳诚、陈宏宇

操偶：张宁、许嘉莹

戴顶上剧场帽子：王紫曦、吴锐信

【剧本】

🟤 第一幕　武松过冈

（武松来到客栈门口，抬头看着"三碗不过冈"的旗子）

武松：嗯？三碗不过冈？哼！

（武松走进酒馆里）

武松：怎么叫"三碗不过冈"？

店小二：客官，我们这店里的酒虽然是村酒，却胜过老酒，一般在我们店中，吃上三碗的人就倒了，过不了前面的景阳冈。知道的人，吃过三碗就不再要了。

武松：你看我倒了？

店小二：没有。

武松：再来三碗给我吃，我不少你银子。

店小二：已经十二碗了，他还没有醉啊？

老板：没醉就给他喝，醉了就老实了！

店小二：客官，现在已经过了申时，你一个人过去，岂不枉送了性命！

武松：你休要吓唬我！

老板：刚才小二所说无一句假话！景阳冈有只猛虎，已经伤害了不少人的性命，不如客官歇一夜，明日凑二三十人一起过冈！

武松：就算真的有虎，我也不怕！（说完，武松向树林走去）

🟤 第二幕　武松遇虎打虎

旁白：武松醉倒在树林里，老虎大吼着，一步一步靠近武松，武松不耐烦地挠挠头。

武松：（翻身坐起）啊……（老虎张大嘴巴靠近武松）

旁白：老虎扑向武松，武松被压倒在地上。武松从地上操起木棍打向老虎，木棍断成两段，但老虎毫发无伤。老虎一个转身扑向武松，武松后退几步。老虎向武松走近，武松抓住老虎的尾巴连转五圈，飞身跳到老虎身上，对老虎拳打脚踢，最终将老虎活活打死。

（武松筋疲力尽地坐在老虎尸体旁喘气，两位村民走近，武松警觉地站起来）

武松：是谁？

村民：不用怕，我们是山下的村民，不是老虎。

村民：（看到被打死的老虎后，惊喜喊道）天呐！你把老虎打死了！你太厉害了，你是我们的大恩人！我们要把老虎抬下山给其他人看看！

武松：可是我现在太累了，没有办法跟你们一起抬老虎。

村民：没有关系，我们去山下找其他人一起来抬老虎！

两位村民喊来山下的村民们一起来抬老虎，大家簇拥着武松一起下山。

第三幕 打虎英雄

旁白：村民们簇拥着武松，抬着老虎向衙门走去，街边的村民们纷纷叫好。

县官：噢，这么大一只老虎，怪不得猎户们奈何不了它。

村民们：（发出感叹）哎呀，真厉害啊！

县官：武壮士！听说，这老虎是你用拳头打死的！

武松：我那哨棒打在树干上被打折了，只剩下两只拳头了。

县官：若不是这般好汉，又如何能打得了这猛虎？赏钱一千贯！

旁白：衙役将钱递给武松，武松接过。

武松：大人，小人能够打死这猛虎，全凭大人的福气，怎么敢接受如此的赏赐？小人听说，这些猎户为了能打死那老虎，吃尽了苦头，大人为何不把这赏钱赏给他们？让他们记住官府的恩德。

县官：武英雄，不仅胆大艺高，品德也让人佩服！就按照武英雄说的，把这一千贯钱分给猎户们！

旁白：武松转身，将钱递给身后的猎户。

猎户：谢武英雄！

旁白：猎户们接过钱后，向县官跪下谢恩。

猎户们：谢大人！谢武英雄！

剧照

武松打虎 IV
中二班

道具图

【演员表】

老虎师傅：余家行
旁白：刘靖轩
大老虎：卞语露
猎户：陈盈玥、陈珑月
武松：陈律

店家：李子杉
衙役：刘靖轩、贝子铭
县官：邓凯安
村民：李卓滢、华国栋

【剧本】

第一幕　老虎训练班

（道具："老虎训练班"招生广告牌、"景阳冈"牌子；场景：树林里）

老虎师傅：（威武弹跳 + "吆喝"声出场，独白）大家好！我是老虎师傅！哈哈哈！哎！现在地球环境被人类破坏得那么恶劣，想在森林里找吃的真的好难啊！

老虎师傅：（从背后拿出"招生牌"，豪言壮志）所以我要办个老虎训练班，让所有老虎都能找到吃的！（咆哮）最重要的是保住性命啊！

旁白：老虎训练班招生啦！走过路过，千万不要错过！（重复）

旁白：就这样，老虎训练班的老虎学会了觅食方法。它们都顺利毕业啦！其中有一只老虎来到了景阳冈。

第二幕　武松饮酒

武松：（边擦汗边说）我叫武松，我要回家找哥哥！只要我翻过景阳冈，就可以见到我哥哥啦！

武松：哎呀！肚子好饿呀（摸摸肚子），咦！前面有间小酒店，等让我吃饱喝足再回家吧！

武松：（四处张望，发现酒店门前）"三碗不过冈"，哼！有那么厉害吗？让我试一试！（说着便走进酒店）

店家：欢迎光临！这边请。

武松：（一拍桌子，豪气地说）店家！我要三碗酒！

店家：好啊！我送几斤牛肉给你下酒吧！

武松：（举碗畅饮，全部喝完后）好酒啊！老板！再来三碗！

（店家又拿来三碗酒，武松拍桌子一直喝，重复三次。武松开始打饱嗝，很满足地搓着肚子，站起来正准备离开，发现有点站不稳）

武松：老板！再来三碗酒！

店家：（走过来扶着武松说）不行，你已经喝醉酒啦！景阳冈上面有老虎，喝醉了不可以过冈。

武松：（推开店家，摇头让自己清醒些，瞪大眼睛对店家说）哼！我没醉。我从没听过景阳冈上有老虎，你骗人！帮我把牛肉打包好，我要带走。（说着便大步离开酒馆）

武松（见到路上张贴的海报，惊讶地说）：啊！原来景阳冈真的有大老虎！刚刚没听店家话，真不应该！哎，算啦！走都走了，只能硬着头皮继续过冈啦！

武松：哎！好困啊！我还是先睡一会儿吧！

旁白：就在这个时候，吹来一股怪风。（大老虎咆哮）

第三幕　武松打虎

（老虎出现，与武松搏斗）（"街头霸王"慢动作）（音乐播放电竞打斗声）

旁白：三个回合后，武松和大老虎都累到气喘吁吁。于是，他们开始聊起天来……

武松：为什么你要吃人呀？

大老虎：你们人类不爱护树木，动物们都没有家啦！还有好多猎户猎杀动物，我都找不到猎物啦！

武松：（点点头）哦！所以你就要吃人！

大老虎：（拍大腿）我们老虎都是食肉兽，没肉吃肯定会死的！

武松：那要怎样你才不吃人呀？

大老虎：很简单，只要你们人类爱护这片树林，不要乱砍树和猎杀小动物，那我就不用吃人了！

武松：好主意！明天我就和村民们沟通，让我们大家和平共处！

大老虎：当然好！

武松：（把打包的牛肉给老虎食）这里有点肉，你今晚就先吃这些吧！

大老虎：多谢你啊！

（突然，草丛里出现几个虎皮人，原来是猎户。猎户见到大老虎，正准备

攻击）

武松：（张开双手拦在老虎前）稍等！这只老虎已经改邪归正，答应了不再吃人啦！只要我们爱护大自然，老虎有家有食物就不会吃人了！

猎户们：太好啦！

第四幕　签约仪式

（道具：横幅合同，幼儿手绘礼物，播放开幕式/剪彩音乐）

县官：好高兴，今天老虎和我们人类和解。现在有请我们尊贵的猛兽代表大老虎先生，还有人类代表武松先生，大家掌声欢迎！

县官：（从衙役手上拿起合约，朗读条文）有请两位代表盖掌印确认。

（县官、老虎、武松一起举起合约合照状，村民代表向大老虎送上礼物及祝福）

（谢幕。全体出场，音乐——《加油》）

剧照

武松打虎 Ⅴ

— 中三班 —

道具图

【演员表】

武松：李嘉澍、何子熙

老虎：易婷婷、孙铭晞

老板：梁轩宸、麦炜昊

山：成柏旻、黄睿朗、刘懿

阳谷县：何兆峰

声效：许瑞、杨诗琳、植光健、周梓岚、徐颢洋

【剧本】

第一幕　三碗不过冈

旁白：在《水浒传》里有个著名的打虎英雄，他是谁呢？对了，就是大名鼎鼎的武松。有一次，武松回清河县去看望自己的哥哥。走了几天，途中路过一个叫阳谷县的地方。此时正是中午，武松饿得肚子咕咕直叫，看见前面有一家酒馆，武松走进酒馆，找了张空桌，放下哨棒，坐了下来。

武松：老板，快上酒。

老板：来了！

旁白：酒馆老板赶紧出来，给武松倒了满满一碗酒。武松酒量很好，拿起碗，一口就把酒喝光了。

武松：哈，好酒！老板，还有其他吃的吗？端上来。

老板：来了！

旁白：很快，老板就切了一大盘牛肉端上来，又给武松倒满酒。武松也不客气，又是喝酒又是吃肉。不一会，两斤牛肉三碗酒就被武松一扫而光。

武松：老板，上酒上肉。

旁白：谁知，老板却只端了肉上来．

老板：客官，肉可以再吃，酒不能再喝了。我这店里的酒，喝多了会醉的。您看！小店前面写着"三碗不过冈"！过了三碗，可就不好了。

旁白：武松哪里肯听老板的，直叫着要喝酒。老板没办法，只好又给他倒满了酒。武松一连喝了十八碗酒。他付了酒钱，拿起放在一旁的哨棒，就往门外走。

老板：客官，前面的景阳冈有老虎，你现在过冈会遇到老虎的。

武松：我就是清河县的人，在景阳冈走过许多次了，从来没听说有老虎，你不要瞎说。

老板：我是好心提醒你，你却不信。门口贴着告示，你要走就走吧，我也不拦你。

第二幕　遇虎打虎

旁白：武松独自来到门前，看见上面果然贴了一张纸。阳谷县告示：景阳冈上新来了一只老虎，各位客官要在白天结伴过景阳冈，才不会遇到危险。

武松：原来，真的有老虎！我武松是条好汉！刀枪棍棒都不怕！还怕它一只老虎吗！

旁白：武松提着哨棒，头也不回地就向景阳冈走去。走到天色黄昏也没遇上老虎。武松酒劲上来了，觉得有点困，于是找到一块大青石，躺下来准备睡一觉。可他刚闭上眼，就听到背后的树"扑通"地响。他回头一看，顿时惊出一身冷汗。

武松：原来是一只吊睛白额大老虎呀！（武松拿起哨棒准备开打）

旁白：那大老虎咆哮着扑向武松，武松一闪，闪到老虎背后。扑空的老虎猛一转身，想撞倒武松，结果又失败了。这下，老虎可生气了，转过身又扑向武松，武松赶紧向后退。这时老虎的前爪已经伸到武松的面前，武松用哨棒抵挡，哨棒竟然断了。武松扔掉手里的半截哨棒，两只手抓住那老虎的前腿，使劲一按，老虎被摔倒在了地上，还不停地挣扎。

武松：看我不打死你！（用左手死死地按住老虎，把力气全集中在右手上，不停地捶打老虎）

旁白：也不知道，武松打了多少拳，再看那老虎，早就不动了。这时候武松累到实在没有力气了，坐在青石上休息。第二天武松在景阳冈打虎的事情就传遍了阳谷县，县里的百姓们高兴得不得了。这下他们过景阳冈的时候，再也不用提心吊胆了，而武松也成了远近闻名的打虎英雄。

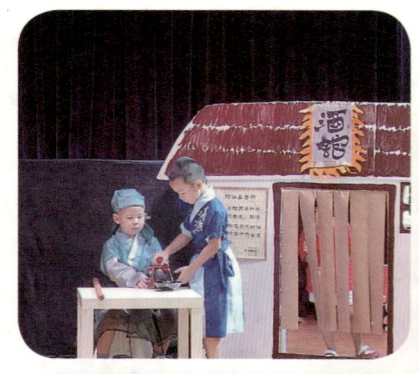

剧照

武松打虎Ⅵ
大二班

道具图

【演员表】

大树：罗雅文、郑菲、梁兆恒、林逸轩
小花：许可铧、李想、梁庭宽、邓恺睿
小鸟：林倩怡、朱月瑶、谢雨恩、朱芷彤
小动物：唐乐言、许思源、潘禹辰、洪启城、朱沛轩、鲁盛贤、贝子鸣、朱文哲、袁孜陶
店小二（1～6）：郑艺潼、严子珽、邓静宜、姜文琳、李雨润、胡敬之
武松：邱承誉、冯梓钊
老虎：朱文昊
皮影武松：李佩琳
皮影老虎：周宸佑

【剧本】

🔴 第一幕　三碗不过冈

［音乐1（0:00-0:50）响起，小鸟、蝴蝶、花在跳舞］

旁白：微风吹送，阳光四射。远处一片片金灿灿的山上，一棵棵高大挺拔的大树发出沙沙沙的声音。（武松白幕布后出现）

武松：来了。［音乐2"好汉歌"（0:00-0:40）］浑身都是英雄胆，手提哨棒走四方，我是武松孙孙孙孙的孙孙小武松。今天来到阳谷县界，看前面有三家宾馆。等我喝些水酒，歇歇脚再走。

武松：店家。

店家：来啦！

［音乐3（0:00-0:50）响起，舞蹈：笑迎四方客，信誉满五洲］

店小二1：眼看太阳西下，备下美味饭菜，等候客官到来。

武松：店家。

店小二2：客官您是吃饭呀？

店小二3：还是住店呀？

武松：喝些水酒。

店小二4：有，我家有名牌的拿破仑。

店小二5：好酒有的是，请喝轩尼诗。

店小二6：人头马一开，好事自然来。

店小二2：我店没洋酒，只有二锅头。

武松：好好好，我最爱二锅头。

店小二1、3、4、5、6：得了，没我们的事了！（退场）

店小二2：客官，来酒啦！

［音乐4（0:00-0:40）响起］（拿出三碗酒）

［武松第一碗：好酒。第二碗：舒服。第三碗：带劲（走路摇摇晃晃）］

店小二2：客官，你要上哪儿去？

武松：上山。

店小二 2：你不能去呀。

武松：为什么不能去？

店小二 2：前面是景阳冈，是野生动物园，有一只大老虎。

武松：老虎又怎么样？

店小二 2：（拉武松到旗帜下）你来看，"三碗不过冈"。

武松：住口，当年老武松是在这景阳冈上打死那只吊睛白额大虎。我小武松一身本领，别说一只虎，就是一群虎，也是小菜一碟。

店小二 2：（摇摇头）哎！

武松：我走了。（摇摇晃晃走）

店小二 2：不好啦！不好啦！小武松他，他、他、他上山了。

第二幕　武松打虎

［音乐 2 好汉歌（0:40-1:02）（换场景）老虎白幕布出场］

武松：好大的一只猫呀！

老虎：哈哈哈哈！这是什么眼神呀，他说我是一只猫。站住，你是什么人？

武松：武松孙孙孙孙的孙孙小武松就是我。

老虎：哎呀不好，撞枪口上了。

武松：你是什么老虎？

老虎：我是吊睛白额大虎的孙孙孙孙的孙孙斑斓小老虎。

武松：你要干什么？

老虎：我要"嗷"，吃掉你。［音乐 5（0：00-0:40）响起］

（真人老虎出来扑向武松，打斗一番转向幕后，皮影打斗）

［音乐 3（0:52-1:50）村民持棍、动物出场跳舞］

（武松、老虎从幕后走出来，坐下观看拍手，最后村民围着老虎）

老虎：你怎么不打了？

武松：哼，我爷爷是保护野生动物协会的会员。

让戏剧照见童年： 幼儿园偶剧剧本精选

老虎：嘿嘿，让我赶上了，既然人都这么好，我也参加协会。不但不吃人，连小兔、小羊都不吃了，从今天起我改吃萝卜。

老虎、店小二（全部）：好，我们共同保护野生动物。

结束舞蹈。

剧照

武松打虎Ⅶ

大三班

道具图

【演员表】

旁白1、2：翁嘉蕴、许敏煊

武松：容智祺

老板：陆厚文

武松（偶）：程乙然、黄思妤

老虎（偶）：闵治衡、金楷浩

老板（偶）：陈柏凝

碗1、2（偶）：梁峻毅、刘懿琳

牛肉1、2（偶）：邱贝恒、何俊杞

石头（偶）：钱宥然

酒家（偶）：罗明轩、蒋奕昕

桌子（偶）：梁文杰

老百姓（偶）：叶晴枫、苏家苗、陈芷沂、邓羽彤、李梓昕、陈恺蕙、赵芸、李林彧

树（偶）：赵耀、钱宏宇、刘立果、潘培嘉

【剧本】

🌙 第一幕　三碗不过冈

旁白1：在《水浒传》里，有个著名的打虎英雄，他是谁呢？对了，就是大名鼎鼎的——武松。有一次，武松回清河县去看望自己的哥哥，走了几天，途中路过一个叫"阳谷县"的地方，此时正是中午，武松饿得肚子咕咕直叫，看见前面有一家酒馆，门前还挂着一面旗，上面写着五个大字"三碗不过冈"。武松走进酒店，找了张空桌，放下哨棒，坐了下来。叫道——

武松：老板，快上酒！

旁白1：酒店老板赶紧出来，给他倒了满满的一碗酒，武松酒量很好，拿起碗一口就把酒喝光了，他放下碗，对老板说——

武松：啊，好酒！老板，还有其他吃的吗？端上来。

旁白1：很快，老板就切了一大盘牛肉端上来，又给武松倒满酒，武松也不客气，又是喝酒，又是吃肉。不一会儿，两斤牛肉三碗酒就被武松一扫而光，可武松还觉得不过瘾，敲着桌子叫道——

武松：老板，上酒上肉。

旁白1：谁知，老板却只端了肉上来，对武松说——

老板：客官，肉可以再吃，酒不能再喝了，我这店里的酒喝多了会醉的。您看，小店前面写着"三碗不过冈"，过了三碗可就不好了。

旁白1：武松哪里肯听老板的，直叫着要喝酒。老板没办法，只好又给他倒满了酒，武松一连喝了十八碗酒。他付了酒钱，拿起放在一旁的哨棒就往门外走，酒店老板慌忙拦住他，说前面的景阳冈有老虎，现在过冈会遇到，武松才不信老板的话。

武松：我就是阳谷县的人，在景阳冈走过许多次了，从来没听说有老虎，你不要瞎说。

老板：（老板指着门外）我是好心提醒你，你却不信，门口贴着告示，你要走就走吧，我也不拦你。

旁白1：话说完，老板摇了摇头回到店里。武松独自来到门前，看见上面果然贴了一张纸，写着：阳谷县告示。意思是说，现在景阳冈上新来了一只老虎，各位客商要在白天结伴过景阳冈，才不会遇到危险。武松这才相信真的有老虎，可武松自认是条好汉，刀枪棍棒都不怕，还怕它一只老虎吗。于是他提着哨棒，头也不回地就向景阳冈走去。

第二幕　打虎

旁白2：直走到天色黄昏也没遇上老虎，武松酒劲上来了觉得有点困，于是找到一块大青石躺下来准备睡一觉。可他刚闭上眼就听见背后的树"噗噗"地响。他回头一看，顿时惊出一身冷汗，原来那是一只吊睛白额大老虎，就站在离他不远的地方。（背景音乐约5秒）武松一下跳下青石，拿起哨棒准备开打。那大老虎咆哮着扑向武松，武松一闪，闪到老虎背后，扑空的老虎猛一转身想撞倒武松，结果又失败了，这下老虎可生气了，转过身又扑向武松，武松赶紧向后退，这时老虎的前爪已经伸到了武松面前，武松扔掉手里的半截哨棒，两只手抓住那老虎的前腿，使劲一按，老虎就倒在了地上，还不停地挣扎，随后武松用脚不停地往老虎的脸、眼睛上使劲踢打，他用左手死死按住老虎，把力气全集中在右手上，不停地捶打老虎，也不知道武松打了多少拳，再看那老虎早就被打晕过去，不动了。武松怕老虎再醒过来，又拿起半截哨棒打了几下，最后累得实在没有力气了才坐到青石上呼呼喘着气，等休息够了，便提着哨棒下山去了。

第三幕　欢庆

旁白2：第二天，武松在景阳冈打虎的事情就传遍了阳谷县，一开始大家全都不相信，居然有人打败了老虎，直到有人抬着晕过去的老虎从景阳冈上下来，大家才算是放了心，县里的百姓们高兴得不得了。这下，他们过景阳冈的时候再也不用提心吊胆了。而武松呢，也成了远近闻名的打虎英雄。

谢幕。

让戏剧照见童年： 幼儿园偶剧剧本精选

剧照

第四辑 家长剧

内容简介

自 2017 年起,大细路家长剧团自编自演多部儿童剧,涵盖经典童话、民间传说与原创故事。通过黑光剧、手偶剧等形式,家长们生动演绎《鳄鱼怕怕 牙医怕怕》《年》等剧目,将卫生习惯、安全知识融入趣味情节。家长分工协作,孩子参与互动,在欢笑中传递勇气与友爱,搭建亲子共成长的桥梁。

鳄鱼怕怕 牙医怕怕

【演员表】

旁白：仝欣瑷妈妈
鳄鱼：麦家祺爸爸
医生：关润祺爸爸

【剧本】

第一幕 爱吃糖的鳄鱼

旁白：有一条鳄鱼很贪吃，每天都要吃很多零食，他最喜欢吃的就是糖。经常自己偷偷地吃糖，从早吃到晚，还不喜欢刷牙。有一天，他觉得牙齿好疼，疼得受不了，饭都不想吃了。

鳄鱼：哎哟！疼死我了！看来要打电话给关医生看看这颗坏牙。我好害怕去看牙医，好疼啊，但是不看又不行。俗话说：牙疼不是病，疼起来要人命。还是打电话吧！

牙医：喂！哪位啊？

鳄鱼：关医生，我是麦克啊！

牙医：哪个麦克啊？

鳄鱼：我是嘴巴好大的鳄鱼麦克，我有颗坏牙想现在找你看看！

牙医：啊，啊，啊，你又有坏牙！那一会儿见吧！

第二幕　看牙医

（音乐响起）

鳄鱼：我真地不想见到关医生啊，但是不见又不行。

牙医：我真地不想见到麦克啊，但是不见又不行。

鳄鱼：（敲门声）关医生，我来了。

牙医：你来了啊？坐吧。

鳄鱼：唉，好害怕啊。

牙医：唉，他嘴巴那么大，我还比他害怕呢。

鳄鱼：这颗牙坏成这样，得忍一忍了，勇敢点。

牙医：他嘴巴那么大，我怕他一口吞了我。不过我关医生出了名的专业，怎么也得帮他治一治。

牙医：张开嘴巴让我看看，哇，好臭啊，这颗牙坏掉了，不治不行了。（拿出大针来）

鳄鱼：哇，这么大的针啊！

牙医：谁叫你嘴巴那么大。要多打点麻药才行。

鳄鱼：关医生，能不能轻点啊，我很怕疼。

牙医：我轻点没问题，你别咬我就行。

鳄鱼：啊……

牙医：你答应了不咬我的哦。

鳄鱼：你说过会轻点的。

牙医：你放心，打完这针就不疼了。

鳄鱼：真的吗？别再骗我了。

牙医：怎么敢骗你啊，真的不会疼，张开嘴巴吧！

牙医：放松点。1……2……3……好了。

鳄鱼：啊。拔完了吗？

牙医：是啊！我都说不疼的，是吧？

鳄鱼：谢谢你啊关医生。明年再见啦。

牙医：明年？那不就是明天，我真地不想再见到他了。

鳄鱼：我也不想再看见关医生了！

牙医：那你要记住早晚要刷牙，不要吃那么多糖，吃完饭记得漱口。

鳄鱼：好的！早晚刷牙、不能吃太多糖、饭后要记得漱口，我会记住的。

牙医：小朋友们，你们记住了吗？早晚刷牙、不吃太多糖、吃完饭要漱口，这样你们的牙齿就不容易坏了。

牙医、鳄鱼：新年到了，祝大家新的一年笑口常开。哈哈哈哈，再见！

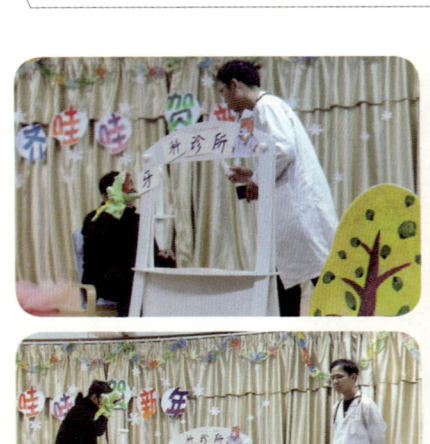

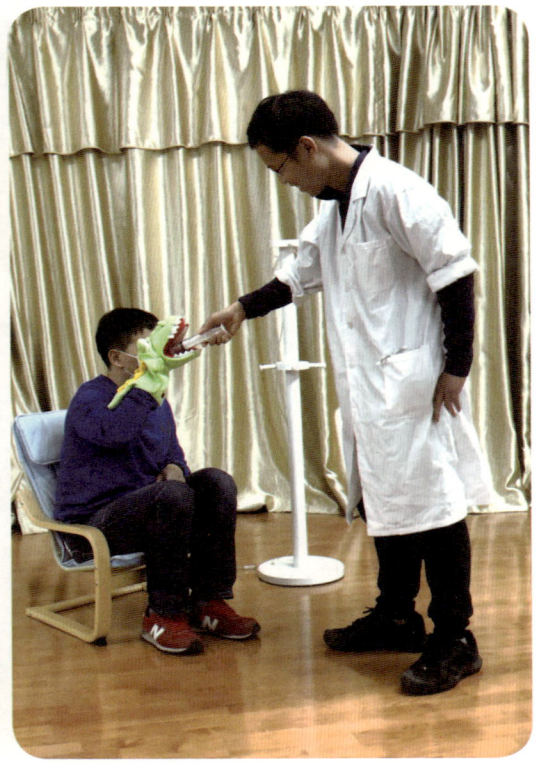

剧照

狼和七只小羊

【演员表】

旁白：李子杉妈妈
小山羊们：陈律妈妈、华国栋妈妈、蔡睿浚妈妈、余家行妈妈、陈珑月妈妈、何彦琳妈妈、刘靖轩妈妈
羊妈妈：李致行妈妈

黄富源：黄梓桐爸爸
吴永定：吴锶桐爸爸
磨坊主：罗茵妈妈
大灰狼：邓凯安爸爸

【剧本】

第一幕　山羊妈妈的叮咛

旁白：从前有只山羊妈妈。它生了七只小羊，并且像所有母亲爱孩子一样爱它们。一天，山羊妈妈要到森林里去取食物，便把七个孩子全叫过来。

山羊妈妈：亲爱的孩子们，我要到森林里去一下，你们一定要提防狼，不要让狼进屋，它会把你们全部吃掉的。这个坏蛋常常把自己化装成别的样子，你们只要听到它那粗哑的声音以及看到它那黑黑的爪子，就能认出它来。

小山羊们：好的，妈妈，我们会小心的。你去吧，不用担心。

旁白：听到孩子们这样说，妈妈便放心地出门了。

第二幕　小山羊的警觉

旁白：没过多久，小山羊们听到门口传来声音。

大灰狼：开门呐，我的好孩子，妈妈回来了。

旁白：小山羊们听到如此粗哑的声音，立刻就知道是大灰狼来了，小山羊们会开门吗？

小山羊们：我们不开门，不是我们的妈妈。

旁白：小山羊们做得非常对，山羊妈妈说话时声音又软又好听，而这个声音非常粗哑，这肯定是大灰狼！

旁白：于是，大灰狼跑到附近的面粉店，买了一大袋面粉吃了下去，声音终于变得柔和了。

第三幕　狡猾再现

旁白：然后它又回来敲山羊家的门。

大灰狼：开门呀，我的好孩子。你们的妈妈回来了，给你们带了好多好吃的。

旁白：可是大灰狼把它的爪子搭在了窗户上，立刻就知道又是大灰狼来了，小山羊们这次会开门吗？

小山羊们：我们不开门，不是我们的妈妈。

旁白：小羊们做得非常对，它们看到又黑又尖的爪子，这肯定又是大灰狼！

旁白：于是大灰狼跑到磨坊主那里，逼着磨坊主把自己的黑爪子全部涂成白色。

第四幕　命悬一线

旁白：大灰狼第三次跑到山羊家。

大灰狼：开门啰，孩子们，你们的好妈妈真地回来了。

旁白：小山羊们看到爪子是白的，以为妈妈真地回来了，刚把门打开一条缝，大灰狼就冲进来了。小山羊们吓坏了，立刻一个个躲起来。

旁白：大灰狼把小山羊们一个个都找了出来，把小山羊们用绳子捆在一起。

然后坐到餐桌前，绑好餐巾，拿起刀叉，准备吃小山羊们。

第五幕　解救小山羊

旁白：这时躲在钟盒里的那只小山羊没有被狼发现。趁着大灰狼不注意，跑出了家。小山羊跑了没多久，遇见了从森林里回来的山羊妈妈，小山羊把事情发生的经过告诉了妈妈，妈妈听了非常生气，抱着小山羊去了森林派出所找到了大象警官。

旁白：大灰狼发现逃跑了的小山羊，追了出去，在森林找了很久都没有找到小山羊。当它回到山羊家的时候已经非常累了，打算在沙发上休息一会再吃其他小山羊。山羊妈妈在大灰狼呼呼大睡之际抱着小山羊，带着大象警官回到家，大象警官立刻抓捕了大灰狼。羊妈妈看见了被绑在餐桌旁的小山羊们，立刻跑过去看看它们是否安好。非常幸运的是小山羊们都没有受伤，坏蛋大灰狼也被大象警官绑住，准备带回警察局。羊妈妈带领的小山羊一起感谢大象警官的帮助。

大象警官：在现实中小朋友们都可能会遇到爸爸妈妈不在家的时候，大家不能轻易给陌生人开门，把门锁好，想办法与爸爸妈妈或者熟悉的人取得联系并请求帮助。就算遇到危险小朋友们也需要保持冷静，要积极想办法哦！

（全体演员一起随着音乐——《我不上你的当》律动跳舞）

全体演员：小朋友，记得不要随便给陌生人开门哦！（鞠躬谢幕，完结）

让戏剧照见童年： 幼儿园偶剧剧本精选

剧照

小鸟和牵牛花

【演员表】

旁白：吴筠彤妈妈
牵牛花：廖熙楠妈妈
大树和鸟窝：钟蠡爸爸
凤仙花 1~2：徐颢洋妈妈、周梓岚妈妈

小鸟：陈奕瞳妈妈
榆树：易婷婷妈妈、刘宝莹妈妈
小草：谭晴芯妈妈、江映辰妈妈

【剧本】

第一幕　榆树下的欢乐时光

旁白：院子里有一棵茂盛的榆树，榆树在阳光下伸了个大大的懒腰。榆树枝上有一个鸟窝，鸟窝里住着一只小鸟，小鸟每天叽叽喳喳的，可开心了，因为小鸟每天都会飞到树下来，那里有他最喜欢的小伙伴，有粉紫色的凤仙花、绿油油的小草和好像喇叭一样的牵牛花。他们每天都在一起玩耍、唱歌、跳舞，肚子饿了就抓几只小虫子吃，不知道多惬意呢！

（凤仙花、牵牛花和小草围在榆树的两边，小鸟飞出……）

（音乐起）

小鸟：凤仙姐姐，早上好啊，今天天气可真好呢。

凤仙花 1：是啊，你快下来，我们一起玩吧！

旁白：小鸟拍拍翅膀，飞了下来，和往常一样，和小花、小草一起唱歌跳舞。欢乐的声音吸引来了蝴蝶，还一起玩起了捉迷藏。

（小鸟、花草和蝴蝶互动，互动后音乐停蝴蝶飞出）

第二幕　小鸟病了

旁白：有一天，太阳都升得高高的了，榆树上一点动静也没有，原来小鸟生病了，躺在鸟窝里一点精神也没有。他想，这会儿跟小花一起唱个歌、跟小草一起跳个舞，那该多好啊！可是他病了，一点儿力气也没有，撑不开翅膀，怎么能飞下树来呢？

小鸟：唉，我的好朋友为什么不来看看我。哦，对了，它们不知道我病了呢。

旁白：于是小鸟费了好大的劲，从窝里伸出头来，对榆树下的凤仙花说。

小鸟：凤仙姐姐，我病了，飞不下来，你可以上来和我一起玩吗？

（凤仙花摆动头，若有所思状，然后面对小鸟说话）

凤仙花2：小鸟，真对不起呀，我长在地上，不会爬树，也不会飞，我怎么上你家去玩呢？

（小鸟面对小草）

小鸟：小草哥哥，我病了，下不来，请你上来跟我讲讲话，好吗？

（小草面对小鸟说话）

小草：我也想上去跟你一起玩，但我和凤仙姐姐一样，也长在地上，没有翅膀、没有腿，没有办法上去你家呢！

旁白：小鸟心里很难过（垂头），凤仙花和小草心里更难过了（垂头）。是呀，好朋友病了，可是他们没法子去看看它。这时，牵牛花在一旁说话了。

牵牛花：凤仙花姐姐、小草哥哥，你们别发愁，我看看小鸟去。

凤仙花2：牵牛花妹妹你可别逗能啊，你不是跟我们一样长在地上的吗？

小草：对啊对啊，难道你有翅膀可以飞上去？

牵牛花：哈哈，我有秘密武器哦，你们等着瞧吧！

第三幕　以藤为桥

旁白：牵牛花把自己的藤儿缠在榆树上，使劲长啊长啊、爬呀爬呀。

牵牛花：榆树哥哥可真高啊，我一定要加油爬。凤仙姐姐、小草哥哥，你们看我厉害吗？

凤仙花1：牵牛花妹妹加油啊，原来这就是你说的秘密武器啊！

小草：加油加油，牵牛花妹妹好厉害啊！

旁白：牵牛花爬了一天一夜，天刚蒙蒙亮的时候，他终于爬到了鸟窝旁边。往鸟窝里一瞧，小鸟正睡得甜呢（小鸟打呼），心想要给小鸟一个惊喜。于是牵牛花轻轻地拿出一个小喇叭……

牵牛花：嗒嘀嗒，嗒嘀嗒。（放音乐）

旁白：小鸟醒来了。他睁开眼睛一看，牵牛花正在他身边，冲着他吹喇叭呢！

小鸟：牵牛花妹妹，谢谢你！

旁白：小鸟心里一高兴，病就好多了。牵牛花看见小鸟高兴的样子，举起一个个小喇叭，吹得更带劲了。

（嗒嘀嗒，嗒嘀嗒……）（放音乐）

旁白：凤仙花、小草也醒了，看见牵牛花真地爬到鸟窝旁边吹小喇叭，小鸟笑嘻嘻的，精神了很多，也高兴极了。

（全部角色随着音乐起舞摆动）

音乐停，开灯谢幕。

让戏剧照见童年： 幼儿园偶剧剧本精选

剧照

年

【演员表】

小男孩：王懿若妈妈
智慧老人：陈熙语爸爸
怪兽年：梁晋宁爸爸
村民甲：梁逸曦爸爸
村民乙：加泽辉妈妈

村民丙：陈婷妈妈
大树1~2：黎玮业妈妈、罗蔓萱妈妈
海浪1~2：陈靖潼妈妈、徐雅亮妈妈
旁白：伍艺菲妈妈

【剧本】

第一幕 "年"大闹村庄

旁白：在很久很久以前，有一只叫作"年"的怪兽生活在海底，每到天气最冷的时候，它就会爬上岸寻找食物，人们非常害怕这个怪物，每当它一来，人们都被吓得慌忙逃走。所以每当过年的时候，人们都提前逃到深山里躲起来。

怪兽年：（怪兽年从舞台左侧上场，慢慢地接近村民）哈哈哈哈，我就是生活在海底最阴暗角落里的怪兽，我的名字叫作"年"。每当一年中天气最冷的时候啊，我就会出来搞破坏，把所有能吃的都吃掉！（村民在屋子里吃饭，村民甲看到怪兽年慢慢接近，迅速告诉其他村民赶紧到山里躲起来）

村民甲：不好啦！"年"又来啦，大家赶紧躲起来啊！（"年"追逐村民们，村民们被"年"赶进了森林中）

第二幕　小男孩寻找智慧老人

旁白：这一年，又到了"年"快到来的时候，村里有一个男孩决定留下来赶走它。但是他对怪兽"年"没有任何的办法，那怎么把他赶走了。这时候，他想起爷爷说过，在村里的树林里，住着一位智慧老人，或许他有方法可以把"年"赶走，所以小男孩走进了森林，踏上了寻找智慧老人的路，但是他在森林里迷路了……

小男孩：哎，找了这么久，传说中的智慧老人究竟在哪里呢？如果还找不到他，今年村民们肯定又要躲起来过年了。智慧老人、智慧老人，你在哪里？

小男孩：（看到石头旁边有一根魔术棒）哎，那个是什么？怎么会有一根这样的棒子在地上？（捡起来，挥舞了几次，旁白的小树竟然开花了）哇！怎么会这样子，这个难道就是智慧老人的魔法棒？

智慧老人：（从小男孩身后出现）呵呵呵，原来我的魔法棒掉落了在这里，前几天可找死我了。谢谢你小朋友，你帮我找回来我的魔法棒，这个魔法棒可是我的宝贝哦。对了，你为什么这么晚还在森林里，不回家睡觉呢？

小男孩：呜……每一年到了天气最冷的时候，怪兽"年"就会来到我们的村庄搞破坏，它不仅会吃掉我们一年辛辛苦苦种的粮食，还会伤害到我们。我们村子里的大人们都很害怕它，我爷爷说只有找到森林里的智慧老人，才能找到赶走它的办法，所以我就自己来到森林里找智慧老人了。

智慧老人：呵呵呵，我就是智慧老人啊！

小男孩：真的吗，你就是智慧老人吗？

智慧老人：是的，我就是那个一直生活在森林里的智慧老人。我对地球上发生的所有事情都了如指掌。"年"，是生活在海底里的怪兽，平日见不得光亮，所以它最害怕颜色鲜艳的东西。（拿出红纸和魔术袋）这样子吧，我这里有一叠红纸和一个魔法袋，你回到家里，把红纸放进魔法袋，只要把村民们的勇气都放进这个袋子中，它就能变出驱赶"年"的宝物。

小男孩：（接过红纸和魔术袋）真的吗？太谢谢你了，智慧老人！我要赶紧回去把这个好消息告诉村里人。智慧老人再见！（兴高采烈地离开）

第三幕　成功赶走年

小男孩：大家快来呀！大家快来呀！我在森林里找到了智慧老人，他送给我可以赶走"年"的宝物啦！（村民从四面八方围过来观看）

村民甲：这是什么宝物啊？怎么看上去像一个玩具似的，它真的可以把"年"赶走吗？

小男孩：是的！智慧老人还说，需要变出赶走"年"的宝物，需要借助大家的勇气。（大家沉默）

村民乙：不可能！"年"是世界上最恐怖的怪兽，在我小时候，我的家人们就是被它吃掉的，我们是不可能打败它的。

村民丙：对，或许我们就一直躲在森林里就好。

村民甲："年"或许是很可怕，但是我们现在已经找到了智慧老人，或许这个就是我们唯一能够打败"年"的机会，唯一让我们返回村子的机会！来，我把我的勇气交给你。（用红色拇指灯从心中拿出红光，放进魔法袋）

村民丙：这样，我也把我的勇气交给你吧。（用红色拇指灯从心中拿出红光，放进魔法袋）

村民乙：我还是很害怕，现场的小朋友们，你们可以把勇气借给我吗？（现场互动，用红色拇指灯从小朋友头顶拿出红光，放进魔法袋）

小男孩：感谢大家的勇气！只要我们把红纸放进去，就会变出神奇的法宝！（变出红色的灯笼、鞭炮、红色披风）哇！智慧老人果然没有说错，法宝真地出现了！来，我们一起回到村子里吧！

（播放紧张背景乐）

怪兽年：（慢慢从舞台旁上场）哈哈哈，你们怎么又出现在这里，看来这一次，我要把你们全部都吃光光！

小男孩：（披上红色披风，拿着红色灯笼）我们不会害怕的，因为我们有大家的勇气！

怪兽年：哈哈哈，我们决一死战吧！

（小男孩举着红色灯笼，遮住"年"的眼睛）

怪兽年：哇！这是什么东西，太刺眼了！啊！我看不到东西了（捂着眼睛）

小男孩：大家赶紧把鞭炮扔向它！

怪兽年：（被鞭炮打到跳来跳去）啊！好疼，好疼！不要，不要啊！我知道错啦，我以后也不来这里啦！（落荒而逃）

小男孩：太好了，终于把"年"赶走了！大家不用躲起来啦，快点都出来过年吧！

第四幕　家家户户平安过大年

旁白：从此，人们再也不害怕"年"了。每年除夕，人们就会穿红衣，戴红帽，家家门前挂上灯笼放鞭炮，大家开始欢欢喜喜过大年了！

（村民们从四面八方出来一起庆祝胜利，播放或唱贺年歌曲）

全体出场谢幕，并恭祝大家新年快乐。

剧照

我也要搭车

【演员表】

狮子爷爷：钱泓宇爸爸
长颈鹿：容智祺妈妈
大树：陈恺蕙爸爸
兔子：容智祺

刺猬：潘培嘉
松鼠：陈恺蕙
狐狸：钱泓宇
旁白：潘培嘉妈妈

【剧本】

第一幕　自制公交车

旁白：狮子爷爷会做各种东西。最近，整天听到他在家里忙，锯子响起来沙沙沙，锤子响起来咚咚咚。（盖车的布掉下一块）咦，狮子爷爷做的是什么呢？狮子爷爷的锯子还在响沙沙沙、锤子还在响咚咚咚，（盖车的布又掉下一块）小朋友们猜猜，狮子爷爷做的是什么呢？狮子爷爷的锯子继续响沙沙沙、锤子继续响咚咚咚，（盖车的最后一块布掉下来）大家快看，狮子爷爷做的是——原来，狮子爷爷做了一辆很棒的公共汽车。这辆车有结实的轮胎、大大的方向盘，还有排列整齐的椅子。

狮子：嗯，很棒的公共汽车，我们出发了。（声效：汽车发动）

第二幕　搭车

旁白：汽车开动了，司机是狮子爷爷。（音乐）公共汽车咕噜咕噜跑在林间的小路上，车站边站着一只兔子。

兔子：狮子爷爷，请让我搭车吧。

狮子：好吧，可是，在车里不许蹦蹦跳跳。

兔子：好的。

旁白：轻轻地上了公共汽车。（声效：汽车发动）（音乐）

旁白：公共汽车咕噜咕噜跑在田野里，这一站站着一只刺猬。

刺猬：狮子爷爷，请让我搭车吧。

狮子：好好，快点上车吧！可是你身上的刺不能刺伤朋友们。

刺猬：好的。

旁白：刺猬也轻轻地上了车。（声效：汽车发动）（音乐）

旁白：公共汽车跑在弯弯曲曲的小道上，在小道边，站着一只小松鼠。

松鼠：等等，麻烦也让我搭车吧。

狮子：好好，上车吧，可是在车上可不能跟朋友们打闹。

松鼠：好的。

旁白：松鼠也上了车。（声效：汽车发动）（音乐）

旁白：公共汽车跑在颠簸的山路上。这个站点一只狐狸在等车。

狐狸：狮子爷爷您好，也让我上车吧。

狮子：快上来吧，但是不要在车里放屁。

狐狸：好的。

旁白：狐狸也上了车。（声效：汽车发动）（音乐）

旁白：公共汽车咣当咣当跑在沙石路上。这里站着一只长颈鹿。

长颈鹿：狮子爷爷您好，请让我搭车吧。

狮子：好的，上来吧。可是不许把脖子或者胳膊伸出窗外。

长颈鹿：好的。

旁白：长颈鹿也上了车。（声效：汽车发动）（音乐）

第三幕　撞车

旁白：公共汽车又上路了。咕噜咕噜越过山坡。长颈鹿突然叫了起来。

长颈鹿：呀，是大海！

旁白：兔子高兴得蹦蹦跳跳。松鼠和刺猬滚作一团。狐狸"噗"的一声放了个屁。长颈鹿长长的脖子伸出窗外。动物们乱成一团。公共汽车摇摇晃晃的……

狮子：大家小心！

旁白：公共汽车晃晃悠悠地下坡，"轰"的一声撞在了树上（刹车、撞车音效）。住在树上的鸟儿哗啦啦飞起来（鸟叫音效），鸟巢掉在地上。

大树：你们的车撞到我啦！你们还破坏了小鸟的家！

动物们：对不起啊！

旁白：小动物们不知所措。没有家的鸟儿和蜜蜂，他们该怎么办呢？大家一起努力"嘿哟嘿哟"修好鸟巢，把蜂巢也轻轻地放回树枝上。

动物们：鸟儿们，对不起。蜜蜂们，对不起。

狮子：好了，大家快上车吧，我们还要赶路呢！（声效：汽车发动）（音乐）

旁白：小朋友们，你们说，以后大家还能遵守和狮子爷爷的约定吗？（结束）

剧照

十二生肖的故事

【演员表】

鸡和猴子：陈垚荣妈妈 牛和老鼠：邹宛芝爸爸

猪和狗：黄允恺妈妈 兔和虎：孔祥轩爸爸

羊和马：雷子诺妈妈 玉皇大帝：潘柏霖爸爸

蛇和龙：黄玉涵爸爸 土地公公和猫：周思妍爸爸

【剧本】

第一幕　十二生肖的由来

玉皇大帝：唉！凡间的人们总是忘记自己出生在哪一年，也算不清自己究竟多少岁？那该怎么办呢？有什么办法可以帮帮他们呢？（玉皇大帝走来走去）哎，有了，记年份太难，记动物的名字就简单多了。找出十二种动物来代表年份不就行了吗？

（音乐电话铃声起，道具电话出场动起来，土地公公出场）

土地公公：喂，您好！请问你哪位呀？

玉皇大帝：是我，我是玉皇大帝。

土地公公：陛下您好！请问您有什么吩咐吗？

玉皇大帝：凡间的人们总是忘记自己出生在哪一年，也算不清自己究竟多少岁？我想了一个办法，找出十二种动物来代表年份。但不知道用什么方式来找这十二种动物。

土地公公：哦，原来是这样，我想到了一个方法您看看行不行。我们举行一次渡河比赛，欢迎动物们报名参加比赛，前十二名到达终点的动物，就是代表年份的动物，可以成为十二生肖。

玉皇大帝：这个方法好！就这么决定了。

第二幕　十二生肖选拔

（音乐起，各种动物出场）

猫：玉皇大帝举行渡河比赛选拔十二生肖，太好了！我要参加！不过我不会游泳，我还是找我的朋友小老鼠商量一下吧。

（猫退场）

龙：哈哈哈！我会腾云驾雾，这次的第一名非我莫属！（龙退场）

鸡：渡河比赛？！我不会游泳啊，怎么办？

猴子：鸡大哥，我也不会游泳，我们一起想想办法呗！

羊：我也不会游泳，要不我们一起想办法渡河吧！

鸡和猴子：好！我们一起商量商量渡河的办法吧。

第三幕　老鼠获得第一

猫：我们不会游泳，要怎么渡河呢？

老鼠：我听说牛大哥也想参加渡河比赛，我们可以跟牛合作，我们帮他指路，他载我们渡河。

猫：这个方法好！就这么办吧。

（牛上场）

猫和老鼠：牛大哥！牛大哥！

牛：是你们两个小不点啊！你们找我有什么事呀？

猫和老鼠：牛大哥，你听说玉皇大帝要举行渡河比赛选拔十二生肖的事吗？

牛：有，我正打算去试试。

老鼠：牛大哥，我们也想参加比赛。团结力量大，我们三个合作一定能赢得比赛。要拿到名次，一定要早出发。清晨时雾气大，我和猫可以为你指路啊！你载我们过河就行。

牛：听起来这个提议不错，好！比赛当天清晨见。

老鼠、猫、牛：一二三四，一二三四。今天我们来比赛，合作渡河真厉害。齐心协力争名次，兄弟三人……

牛：你们两个小不点赶快爬到我的背上来，我要开始渡河了。

老鼠、猫：好！

（音乐起，牛、猫、鼠一起走，走出幕布和观众打招呼，再走回幕后）

猫：（打哈欠）我太早起床了，有点困。

老鼠：没关系，你歇歇吧，到了我叫你！

（音乐起，老鼠把猫推下水，猫挣扎）

猫：救命啊！救命啊！（猫退场）

牛：什么声音啊？

老鼠：没有声音啊，牛大哥，你听错了。牛大哥，快到了呀，你要加油啊！

牛：好嘞，你坐稳了，我要冲刺了！

（鼓声起，老鼠跳到牛的前面）

老鼠：对不起了，牛大哥，我先冲刺了！

玉皇大帝：哈哈！想不到拿第一的竟然是这只小小的老鼠！

牛：你怎么可以这样！坏老鼠，我不会放过你的！（牛追着老鼠退场）

第四幕　虎兔相争

（传来老虎叫声）

老虎：嗷嗷！那只可恶的小兔子在哪里？刚才被它一脚踩着头上差点没被淹死。敢在太岁头上动土！找死！

玉皇大帝：老虎，你别生气了，你是第三名，成为十二生肖之一了。

老虎：哼！我才第三？如果不是它踩了我一脚，我一定能得第一。非得找

兔子算账不可！（老虎站在玉皇大帝身后）

兔子：我到了！我是第一名吧？

玉皇大帝：不是，第一名是小老鼠。你不会游泳，是怎么渡河的？

兔子：嘻嘻！我是不会游泳，不过我是跳跃高手，踩着正在渡河的小动物的头跳着跳着就来了呀！

老虎：嗷嗷！你刚刚临上岸那一脚差点没把我踩水底里去，我不会放过你的！

兔子：我得赶快溜了。（老虎追着兔子退场）

第五幕　龙排第五

（音乐：我要飞得更高，龙出场）

玉皇大帝：龙，你怎么那么久才来啊？你会腾云驾雾，我还以为你会是第一名呢！

龙：今天有工作在身，要到南海主持下雨典礼，所以工作结束后再赶过来，来晚了呀！

玉皇大帝：龙你是好样的！坚持完成了工作再来渡河，你是最棒的！

龙：您这样说，我有点害羞啊！

第六幕　陆续到达

旁白：蛇和马也陆续到达了终点，成为十二生肖中的动物。

（音乐起，羊、猴、鸡坐着一根大木头上场）

羊：猴哥，还是你聪明，捡到大木头当船来渡河。

猴：当然啦，我最聪明啦！

鸡：别说废话啦，赶快渡河要紧。

玉皇大帝：哟！你们三位朋友一起到，合作得很好嘛！

羊：（举着大眼镜）羔羊地图持续为你导航！我为了找路都成了近视眼啦。

猴子：你看！我用力划船屁股都磨红了！

鸡：（举着两只鸡爪）盐焗鸡爪有无人要啊？刚刚上岸被木头压断了两只脚，新鲜热辣，味道很好啊！

玉皇大帝：盐焗鸡爪我喜欢啊！现在宣布你们成为十二生肖的第八、九、十名。

旁白：接下来贪玩水的狗、白胖胖的猪也到了！

第七幕　最终名次

（颁奖音乐起）

玉皇大帝：我宣布第一名小老鼠，第二名大牛，第三名大老虎，第四名小兔子，第五名是龙，第六名是蛇，第七名是马，第八名是羊，第九名是猴子，第十名是鸡，第十一名是狗，第十二名是猪。

猫：喂！等等我，我好不容易才到这里，请问我是第几名啊？

玉皇大帝：真是不好意思啊，猫，你是第十三名，不能成为十二生肖了。

猫：最坏就是那只小老鼠，它把我推到河里，幸好我抱住了一根木头，才没有被淹死，我一定不会放过你！

（猫追着老鼠，各种动物也帮忙追）

旁白：虽然老鼠得了第一名，但从此以后每天都提心吊胆的，怕猫找它报仇。只要猫一见到老鼠就追着它，所以老鼠只要看到猫的影子就没命地跑，连大白天都不敢出来了。小朋友们，这个十二生肖的故事你们喜欢吗？

（音乐起，全体演员出来谢幕）

第四辑　家长剧

剧照

咕噜牛

【演员表】

旁白：黄悦菲妈妈
老鼠：刘骏熙妈妈
咕噜牛：冯芊蕊妈妈

蛇：俞霁翀妈妈
狐狸：冯俊皓妈妈
猫头鹰：林心雅妈妈

【剧本】

第一幕　狐狸被骗

（放音乐——《春野》）

旁白：夜幕降临，月亮和星星出来了，动物们睡觉了，这时候一只小老鼠，叽布叽布，在森林中溜达。

狐狸：亲爱的小老鼠，你要上哪儿啊？进来吃顿饭吧，树底下就是我的家。

老鼠：哦，狐狸，你太客气了！可是很抱歉——咕噜牛约我来吃饭，一会儿就见面。

狐狸：咕噜牛？咕噜牛是谁啊？

老鼠：咕噜牛就是咕噜牛！怎么，你连这也不知道？他有可怕的獠牙，可怕的爪子，可怕的嘴里长满了可怕的牙齿！

狐狸：你们要在哪见面？

老鼠：就在这块岩石旁边。烤狐狸这个菜他最喜欢！

狐狸：烤狐狸？对不起，小老鼠我还有事要先走！

（狐狸说着，飞也似地跑了）

老鼠：这只狐狸真是蠢。什么咕噜牛！难道他不知道，咕噜牛根本就没有？

第二幕　猫头鹰被骗

（小老鼠继续在林中溜达）

猫头鹰：亲爱的小老鼠，你要上哪儿啊？上来喝杯茶吧，树洞那就是我的家。

老鼠：哦，猫头鹰，你太好心了，可是很抱歉——咕噜牛约我来喝茶，一会儿就见面。

猫头鹰：咕噜牛？咕噜牛是谁啊？

老鼠：咕噜牛就是咕噜牛！怎么，你连这也不知道？他的膝盖特别鼓。脚趾长得特别大，鼻头上的毒瘤特可怕！

猫头鹰：你们要在哪见面？

老鼠：就在这条小河边。油炸猫头鹰这个菜他最喜欢！

猫头鹰：油炸猫头鹰？对不起，小老鼠我还有事要先走！

（猫头鹰说着，拍拍翅膀就开溜）

老鼠：这只猫头鹰真是蠢，什么咕噜牛！难道他不知道，咕噜牛根本就没有？

第三幕　蛇被骗

（小老鼠继续在林中溜达）

蛇：亲爱的小老鼠，你要上哪儿啊？进来喝杯酒吧，木头堆里就是我的家。

老鼠：哦，蛇，你太热情了，可是很抱歉——咕噜牛约我来喝酒，一会儿就见面。

蛇：咕噜牛？咕噜牛是谁啊？

老鼠：咕噜牛就是咕噜牛！怎么，你连这也不知道？他有黄澄澄的眼睛，黑舌头，紫色的倒刺长满在他背后！

蛇：你们要在哪见面？

老鼠：就在这个湖旁边。炒蛇肉这个菜他最喜欢！

蛇：炒蛇肉？对不起，小老鼠我还有事要先走！

（蛇说着，飞也似地跑了）

老鼠：这条蛇真是蠢，什么咕噜牛！难道他不知道，咕噜牛根本就……

第四幕　遇见真的咕噜牛

老鼠：……怎么真有……咕噜牛？

咕噜牛：我最爱吃小老鼠，弄个老鼠汉堡，味道肯定非常好！

老鼠：味道好？你先别说我味道好！有件事情，恐怕你还不知道。在这林子里，大家怕我怕得不得了。只要你跟我走一圈，马上就让你看到，他们个个见了我，吓得全都赶紧逃。

咕噜牛：哈哈！我倒要开开眼界！你在前面走，我跟在你后面瞧。

第五幕　咕噜牛被骗

（一大一小往前走，咕噜牛忽然停下来）

咕噜牛：草丛里面嘶嘶响。你可知道那是啥？

小老鼠：一定是那条蛇在爬。蛇啊蛇，你好！

蛇：蛇抬起头，把咕噜牛瞧了瞧。哦，我的天啊！我得赶紧把命逃！呲溜，他就不见了。

小老鼠：看见没有，大家见我都逃跑！

咕噜牛：这是还真有点儿怪！

（一小一大继续往前走）

咕噜牛：树梢顶那儿咕咕响。你可知道那是啥？

小老鼠：一定是那只猫头鹰在叫，猫头鹰，你好！

猫头鹰：猫头鹰低下头，把咕噜牛瞧了瞧。哦，我的妈呀！我得赶紧把命逃！呼啦啦他也不见了。

小老鼠：看见没有？大家见我都逃跑！

咕噜牛：你还真是不得了！

（一小一大继续走）

咕噜牛：前面路上啪啦响，你可知道那是啥？

小老鼠：一定是那只狐狸，狐狸，你好！

狐狸：抬起头，把咕噜牛瞧了瞧。哦，救命啊，我得赶紧逃把命逃！转眼间他也不见了。

小老鼠：看见没有，咕噜牛，他们个个见了我，全都吓得赶紧逃！溜达溜达走半天，我的肚子早饿啦，听说咕噜牛肉很不错，我倒真想尝尝它！

咕噜牛：咕噜牛肉？啊，救命啊！

（咕噜牛快得像风，转身就逃！森林深处，小老鼠捧着榛果美美地吃着）

（音乐渐渐响起）

（森林中的动物睡醒、伸懒腰打呵欠，听着音乐跳起了兔子舞，这时小老鼠也听着音乐声放下手里的棒果，快乐地跳起了舞蹈）

剧照

咕咚来了

【演员表】

小兔：李沂霏妈妈　　　　　　大象：马俊文妈妈
狐狸：刘晋哲爸爸　　　　　　大树：阮浩军爸爸
小鸟：庄青筠妈妈　　　　　　青蛙姐姐：莫颖璇妈妈
小猴：江家甄妈妈　　　　　　青蛙妹妹：叶廷凯妈妈
小熊：张迅圣妈妈　　　　　　旁白：李盈莹妈妈

【剧本】

第一幕　咕咚来了，快跑

旁白：森林里，有一个大大的湖。湖边长着一棵高高的木瓜树。木瓜树长出了许多的木瓜。这天早上，有只小兔来到了湖边，它高兴地在草丛中玩耍。忽然，湖中传来一声"咕咚"。

旁白：小兔子好奇地问。

小兔：咦！什么声音？

旁白：小兔刚想去看个究竟，又听到一声"咕咚"，这可把小兔子吓坏了。

小兔：啊！有怪物！

旁白：小兔拔腿就跑。这时，狐狸和小鸟正在唱着、跳着。小兔跑得太快，与狐狸碰了个满怀。

狐狸：小兔子！你跑这么快干什么？看你把我给撞了！

小兔：咕……咕……咕……咕咚来了！快跑呀！

狐狸：啊！咕咚来了？我好怕呀！

小鸟：我也好害怕呀！我们赶快离开这里！

旁白：狐狸和小鸟也紧张起来了，跟着兔子撒腿就跑。奔跑的狐狸、小兔和小鸟，惊醒了睡觉的小熊和小猴。

小熊：是谁呀？那么吵！出什么事了？

小兔：咕……咕……咕……咕咚来了！快跑呀！

旁白：小熊和小猴紧张地直打哆嗦，也跟着它们跑了起来。这时，有一头大象甩着它的长鼻子悠闲地走来。它突然看见一大群动物正奔跑着，觉得非常惊讶！于是，大象一把拉住狐狸问。

大象：狐狸，狐狸，出什么事了？

狐狸：咕咚来了！那是个有三个脑袋、八条腿的怪物！太可怕了！

大象：太可怕了！咕咚来了！快跑呀！

旁白：于是，大象也跟着大家跑起来。它们跑啊跑，这一路上啊，陆陆续续加入奔跑的动物是越来越多！

第二幕　原来是木瓜

旁白：它们的奔跑声像雷声一样轰隆隆，吵醒了湖中的青蛙姐妹。青蛙们探出头来。

青蛙妹妹：姐姐，岸上怎么那么吵？出了什么事了？

青蛙姐姐：不知道呀，要不我们去看看？

旁白：于是，青蛙姐妹跳到岸上，青蛙姐姐问。

青蛙姐姐：请问大家发生什么事情了？

小兔子连忙说：咕……咕……咕……咕咚来了！快跑呀！

青蛙妹妹：咕咚是什么？

狐狸：咕咚，咕咚是个有三个脑袋、八条腿的怪物！太可怕了！

青蛙姐姐：你们大家谁见到了？

旁白：大象推了推小熊，小熊推了推小猴，小猴推了推小鸟，小鸟推了推狐狸，狐狸推了推小兔。结果谁也没有亲眼看见。

　　青蛙妹妹：我们生活在这里那么久，从来没见过咕咚这个怪物。

　　青蛙姐姐：要不我们一起去看看？

　　旁白：正在这时候，又听见一声"咕咚"。原来是一只熟透了的木瓜掉进水里发出的声响。动物们不禁大笑起来。

　　齐说：哈哈哈哈……

　　小猴：咕咚哪里是怪物啊！它就是那掉到水里的。

　　齐说：大——木——瓜！

　　大树：是的，就是我的大——木——瓜！

　　齐说：哈哈哈哈……

剧照

没有牙齿的大老虎

【演员表】

大老虎：张洪铭家长　　　　　　小兔子：马以文家长
小狐狸：叶彦红家长　　　　　　马大夫：文梓迪家长
旁白：芷瑜家长　　　　　　　　小猴子：赖文昊家长
狮子：邢慕清、邢慕昀家长　　　牛大夫：若杉家长

【剧本】

第一幕　小狐狸吹牛皮

旁白：这一天，小动物们聚在一起聊天，他们在聊什么呢？他们呀，在聊大老虎的牙齿呢。

小猴：嘀，比柱子还粗的树，大老虎只要用尖牙一啃就断，太恐怖了！

小兔：是呀是呀，这么长的铁杆，大老虎嚼起来，跟吃面条一样……（小兔害怕地缩起了脑袋）

小狐狸：一群胆小鬼，你们怕大老虎的牙齿，我就不怕！我还要把它的牙齿全部拔掉呢！

猴子：小狐狸，你太会吹牛了！

兔子：对呀，狐狸你没羞！没羞！

小狐狸：你、你、你们不信，就瞧着吧。哼！（小狐狸拍拍胸脯走了）

第二幕　小狐狸送糖果

旁白：嗬，狐狸真地去找大老虎了，他带了一大包礼物！

小狐狸：啊，尊敬的大王，我给你带来了世界上最好吃的东西——糖。

老虎：糖是什么？真有那么好吃吗？我尝一下。嗯？嗯！嗯！味道真不错！

第三幕　狮子劝说大老虎

旁白：狐狸以后就常常给老虎送糖来。老虎吃了一粒又一粒，连睡觉的时候，嘴里还含着糖呢。大老虎的好朋友狮子听说了这件事情，赶过来劝他。

狮子：哎哟哟老兄啊，这糖可不能这样吃啊，你经常吃糖，你又不刷牙，这时间长了，牙齿会被蛀掉的啊。这个狐狸啊，特别狡猾，你可别上他的当呀。

第四幕　小狐狸给大老虎吹彩虹屁

旁白：老虎听了狮子的话，正要去刷牙，狐狸又来了。

小狐狸：啊，等等，大王你把牙齿上的糖全刷掉吗，哎呀呀呀，多可惜呀。

老虎：啊，可听狮子说，糖吃多了要是不刷牙，那牙齿会坏掉的。

小狐狸：唉唉，别人的牙怕糖，您可是大老虎啊，您把铁条都能咬断，难道您的牙，还会怕这一粒小小的糖吗？

老虎：对呀，我是大老虎，我的牙最厉害，我的牙不怕糖！我可以天天吃糖，啊哈哈哈！

第五幕　老虎拔牙

旁白：过了些时候，大老虎的牙真地疼了起来。他捂着他的牙去找马大夫。

大老虎：哎哟，马大夫啊，我的牙，快把我的痛牙拔掉吧！

马大夫：啊，大老虎，太可怕了！

老虎：哎呀，我去找牛大夫吧！

牛大夫：我………我………不拔你的牙……（牛大夫边逃边说）

大老虎：喔唷，喔唷，痛死啦！谁来帮帮我啊！谁把我的牙拔掉我让他做大王！

狐狸：老虎大王，还是让我来给你拔牙吧！

大老虎：哎呀，狐狸，谢谢，谢谢！

狐狸：啊，老虎大王，你看你的牙，全得拔掉啊！

大老虎：啊！哎哟哟，只要不痛，拔……就拔吧………

狐狸：哎呀，这最后一颗牙齿拔不动啊！小朋友们你们有办法吗？啊，我有了，我找一根绳子，绑在大老虎的牙齿上！（狐狸又找来一个鞭炮，放在老虎耳朵边，对小朋友作嘘声状）

大老虎：狐狸，还是你最好，又送我糖吃，又替我拔牙，谢谢，谢谢！

狐狸：小朋友们，你们说，这是不是一只笨老虎！

最后大家齐跳刷牙歌，与小朋友互动。

剧照

青蛙卖池塘

【演员表】

青蛙 A～D：周熙怡妈妈、曾婧羽爸爸、孙梓骐妈妈、陈谚颖妈妈

老牛：蔡玥爸爸

小鸭子：关心橡妈妈

小鸟：符浩宸妈妈

蜜蜂：汤万禄妈妈

猴子 A、B：周熙涵妈妈、梁祎潼爸爸

【剧本】

第一幕　种草

旁白：一天午后，四只青蛙在一片池塘里玩耍着，这会儿他们似乎在商量着什么……

青蛙 A：什么味儿啊？原来这片池塘又臭又烂，我们不能在这里住了，我们要赶紧把这片池塘卖出去，搬到城里住。

其他青蛙：对呀对呀！（点头附和）

青蛙 A：卖池塘了，有想换新家的小伙伴吗？卖池塘了……

老牛：我老牛看看池塘去。小青蛙，哎，你池塘怎么卖呀？

青蛙 A：我们这个池塘冬暖夏凉，景色优美，是您居住的好地方。我们可以给您便宜点儿。

老牛：哎，你这个水坑坑嘛，打打滚儿还行，可是吧，少点儿东西。少什么呀？青草啊，我肚子饿了，吃啥呀。算了算了，我还是去其他地方看看吧。

青蛙 A：怎么就算了，还可以再商量呢。缺点草，行，那我们种草去。

其他青蛙：好！

🌙 第二幕　引水

旁白：这会儿，青蛙们听到老牛说池塘没有草之后，便赶紧忙着去种草。过了几天之后，看着一片绿草，青蛙们满意地继续去卖池塘。

青蛙B：卖池塘了。大家快来看看吧！

其余三只青蛙一起吆喝：卖池塘了……

小鸭子：你想卖池塘吗？嗯，你这个池塘好是好，可是我要游泳的话，你这里面的水也太少了吧。哎，算了算了，不买了。

青蛙B：哎呀！怎么又少了水了，行，那我们再去引点水。我们把竹子一根一根地接起来，引来了水，这下好了，有草有水，就一定能卖出去了吧。

其他青蛙：对呀对呀。

旁白：这下子，青蛙们听了鸭子的话之后，往池塘里加入了更多的泉水，更加自信满满地去卖池塘了。

🌙 第三幕　种树

青蛙C：卖池塘了，这里有清凉的泉水，大家快来游泳呀。

其他青蛙：对呀快来看看呀！

小鸟、蜜蜂：小青蛙你们好呀，你们想卖池塘吗？

青蛙C：对呀对呀，我们这个池塘特别好，有草还有泉水呢。

小鸟：好是好，可是我要休息的时候需要树呀，没有树我可怎么休息呀？

蜜蜂：是呀是呀。不仅没有树，还没有花，像我这样勤劳，没有花我可怎么采蜜呢。哎，算了，算了，我们还是去其他的地方看看吧，走吧。

青蛙C：别走别走呀，哎呀，折腾了半天怎么还是缺花呀，行，那我们再接着种树种花去，把美丽的花种在这儿，小树苗这一棵那一棵，美极了。

其他青蛙：好，那我们行动起来！

第四幕　盖房修路

旁白：又过了几天，小青蛙们听了小鸟和蜜蜂的话之后，在池塘附近种了小树苗和美丽的鲜花，看着越来越美的池塘，他们心想这次一定能够卖出去了……

青蛙D：卖池塘了！快来看看这片花香四溢美丽的池塘吧！

其他青蛙：大家快来看看呀……

猴子A：诶，那儿有一片池塘，我们把它买下来好不好啊？

青蛙D：好好好哎，有门儿。猴女士，你们想买池塘吗？我们这个池塘有青草、清泉、绿树、鲜花，特别好。

猴子B：环境是挺不错的，就是个少点儿东西。哦。我知道了，少人气，有条路不就好办了吗？

猴子A：对对，还缺房子，还缺房子。

猴子B：对对，我朋友说得对，我们再去别处看看。

青蛙D：你们别走别走呀。哎呀，怎么还卖不出去呀。嗯，可也是，这里还是太冷清了，那我们再去盖座房子修条路出来。

其他青蛙：对，房子盖好了，路也修好了，这下总可以了吧！

第五幕　自己住

旁白：在这段时间里，青蛙们忙碌着在池塘周围盖房子，修条宽敞的路，好不容易大功告成，再次出发去卖池塘了……

青蛙A：卖池塘了……

青蛙B：这里有花草树木和清泉，可以看到蝴蝶飞舞、小鸟唱歌，还有房子，宽宽的公路，美丽极啦。

青蛙C：诶，这么好的池塘为什么要卖掉，而不是我们自己住呢，我们还要叫上朋友们一起住。

青蛙D：说得对！呱呱呱，朋友们快来呀，快来呀。一起来玩耍吧！

旁白：听到青蛙们热情地呼喊邀请后，附近的小动物们全都来到了美丽的池塘边，一起欢唱跳起舞来……

剧照

老虎拜师

【演员表】

花猫：张梓平家长

老虎：吴浚哲家长

草：何智睿家长、高沧沧家长

花：毛跃玲家长、张展豪家长、刘梓源家长

【剧本】

第一幕 出场

（花出场，在自己位置上舞蹈）(《小花儿开了》律动，已有统一视频动作）

（老虎出场，唱：一只老虎，一只老虎，跑得慢，一天没有吃饭，两天没有吃饭，肚子饿，肚子饿）(哼唱《两只老虎》)

老虎：唉，我都两天没吃饭了，肚子可真是饿呀！不知为什么我老是抓不到小动物，看来我得找人来教教我。找谁呢？（思考的神态）哦！对了，听说花猫本领最大，就找它吧！（四周走动，找猫，音乐）

（花猫出场，唱：喵喵喵，喵喵喵，左三圈，右三圈，脖子扭扭，屁股扭扭，早睡早起，咱们来做运动）(哼唱《健康歌》)

第二幕 教本领

老虎：花猫，你好！你可以帮帮我吗？

花猫：小老虎，你好！你需要我帮你什么呢？

老虎：我想跟你学本领。

花猫：（做思考的样子）那好吧！

老虎：哦，太好了！

花猫：现在请跟着我做吧！先学扑再学跳，然后跟我做运动，再跟我打套拳。（做动作）

花猫：好了，你已经学会了。

老虎：哈哈，你的本领我全学会了，现在我要吃掉你。（使用本领去捉猫）

花、草：快跑呀，快跑呀，老虎要吃猫了！老虎要吃猫了！

花猫：啊，你太可恶了，瞧，我的。（爬上了树）

老虎：咦，我怎么爬不上去呢？

花猫：因为我没有教给你爬树的本领。

老虎：哎呀，师父，师父，我错了，你快下来教教我，教我爬树。

花猫：老虎，老虎，我也想教你，可是教会了你，你就要吃我，我就没法躲了。

花：对对对，不能教！（一齐做点头、摆手的动作）

老虎：气死我了，气死我了，哎，都怪我太心急，今天又没吃的了。

花猫：哈哈哈，小老虎你太坏了，哼，活该！（定格音乐）

音乐，全体演员谢幕！

让戏剧照见童年： 幼儿园偶剧剧本精选

剧照

狐狸和乌鸦

【演员表】

乌鸦：麦家祺爸爸
狐狸：仝欣瑗妈妈

【剧本】

第一幕　骄傲的乌鸦

乌鸦：魔镜魔镜，谁是这个世界上唱歌最好听的人，我就知道是我。哦，马上就要举办动物界的"好声音"了，我得好好练练我的嗓音。一年之计在于春，一日之计在于晨。

乌鸦：（唱歌）门前大桥下游过一群鸭，快快来数一数，24678，嘎嘎嘎嘎，真呀真多呀，数不清到底多少鸭？数不清到底多少鸭？

乌鸦：感谢爸爸妈妈给了我一副好嗓音，感谢在座的观众给我热烈的掌声。我就是不一样的烟火！啊！唱了一早上，我的肚子有点饿了，我得出去找吃的。

（乌鸦发现一块肉）（音乐播放——《乌鸦随处飞》）

乌鸦：好肥美的一块肉啊！魔镜魔镜，谁是这个世界上运气最好的人，我就知道是我，这么大一块肉，我是蒸着吃了、煮着吃了还是烤着吃呢？哦，太幸福了，想想都要流口水，不管了，我是多么幸福啊！

第二幕　狡猾的狐狸

（狐狸听音乐出场）

狐狸：肚子太饿了，我要出去骗吃的，啊不对不对，我要出去找吃的。

（音乐响，狐狸到处找吃的）

狐狸：哇！好大一块肥肉啊！小狐狸真可爱，走到哪里哪里爱。小狐狸真聪明，看我如何吃肉肉。

乌鸦：哼！（拍拍屁股）

狐狸：乌鸦先生，今天天气那么好，你怎么不下来和我跳个舞呢？

狐狸：乌鸦大哥，你今天穿得比昨天还要帅气。

（乌鸦得意洋洋，拍拍自己，扭一扭）

狐狸：乌鸦哥哥，马上就要举行动物界的"好声音"，我听兔子妹妹、长颈鹿大婶说您的嗓音最好听，我想听听你唱歌，让我听听你的声音好吗？

乌鸦：（唱歌）两只老虎、两只老虎跑得快、跑得快……

（乌鸦嘴里的肉掉了，狐狸叼起肉，开心地跑了）

乌鸦：狐狸小姐呢？狐狸小姐去哪啦？我的肉呢？我的肉呢？哼！这只狐狸，太狡猾啦！你吃了我的肉还不听我唱歌，两只老虎、两只老虎……魔镜魔镜，谁是这个世界上唱歌最好听的人，我就知道是我，哼，狡猾的狐狸，你把我的肉还回来。

狐狸：小朋友们，在日常生活中，我们要时刻保持清醒的头脑，面对诱惑，不能轻易相信别人的话，遇事要动脑分析，避免上当哦！谢谢大家！

第四辑　家长剧

剧照

小狮子找朋友

【演员表】

小狮子：邓凯安爸爸

小猴子：李子杉妈妈

小马：罗茵妈妈

小羊：陈珑月妈妈

小狗：李致行妈妈

小猪：邵世聪妈妈

编剧、旁白、音效：陈律妈妈、吴锶桐爸爸

【剧本】

第一幕　没朋友的小狮子

旁白：很久很久以前，小动物们也像我们一样，每天去上幼儿园。小小狮子虽然长得既高大又威猛，可是它一个朋友都没有。

（小狮子走到舞台中间，旁白念到"高大威猛"时，对着小朋友做出夸张一点"强壮"的姿势）

小狮子：我也好想在幼儿园里交一个好朋友。

旁白：在幼儿园里面，小猴子正提着篮子准备去摘香蕉分享给其他小动物，它开心地来到香蕉树下面，伸长手臂去摘。

小狮子：那边好像有只小猴子，不知道它愿不愿意做我的朋友呢？

旁白：小狮子趁着小猴子不注意，悄悄地走到它身后，突然拉住它的尾巴。小猴子失去了平衡，摔倒在地上，香蕉掉得满地都是。小狮子看着它滑稽的样子，忍不住哈哈大笑起来。小猴子气得脸都变红了。

小狮子：我跟你闹着玩的！别生气，你愿意做我的朋友吗？

小猴子：(生气地说)我才不愿意跟爱搞恶作剧的人交朋友呢！

第二幕　交友失败

旁白：被拒绝的小狮子无聊地在操场上走来走去，它看到小马和小羊正在玩跷跷板，一会儿跷上来，一会儿跷下去，好像很好玩的样子。小狮子也很想玩，这次它不搞恶作剧了，直接走了过去。

小狮子：喂，你们下来让我玩一会儿！

小马：它真没礼貌，我们还是走吧，不要跟它一起玩了。

旁白：小狮子坐上了跷跷板才发现，一个人根本没办法玩，它正想叫住小马和小羊，可是它们越叫越跑，一会儿就消失不见了。小狮子呆呆地站在幼儿园操场，非常伤心。

（小狮子坐上跷跷板，因为没人跟它玩，用手挠挠头，看见小马和小羊走了，然后追了下来，一边追一边喊：不要跑，回来。小马和小羊则说道：跑快点。小狮子在后面追大家围着舞台跑一圈）

小狮子：为什么还是没有交到朋友呢？

第三幕　再次失败

旁白：小狮子闷闷不乐地坐在操场的一个角落里。操场上来了两个踢足球的小动物，它们把球传来传去十分开心。小狮子心里面想：这次我礼貌点，应该可以交上朋友吧。于是小狮子走了过去。

小狮子：你们好，可以一起玩足球吗？

小狗和小猪：可以呀，我们来一起玩吧！

旁白：小狮子开心极了，它为了展示自己的实力，一直霸占着足球，完全不传球给跟它一起玩的两个小伙伴。小伙伴觉得太没意思了，都不想玩了。

小狗：你太霸道了，只顾着一个人玩。

小猪：不玩足球了，我们走吧。

小狮子：我只是想让你们看看我有多厉害！

旁白：还没等小狮子说完，两个小动物就已经走远了。小狮子又剩下一个人，还是没找到好朋友。

第四幕　见义勇为

旁白：放学时间到了，小动物们都背上书包准备回家，大家都开开心心结伴而行，只有小狮子孤零零地走在后面。

旁白：突然，意外发生了，学校门口的一棵大树倒下了，压住了小马，其他小动物吓得惊慌失措，有些在大哭，有些想搬开大树，可是力气实在太小了，完全搬不动。

小狮子：大家不用担心，我来帮忙。

旁白：强壮的小狮子，用尽全力撑起了大树，压树下的小马终于得救了。大家都围着小狮子欢呼起来，太棒了，真是个勇敢的小英雄。

小狮子：谢谢大家的夸奖，我真的很想跟你们成为朋友，之前我搞恶作剧、没礼貌还有霸道，我向你们道歉，对不起，希望你们能跟我交朋友。

全部小动物：我们都愿意跟你做朋友。

（全部动物一起唱歌跳舞。播放歌曲——《找朋友》）

（跳完舞全部小动物一排站好，小狮子站中间）

小狮子：小朋友们都学会怎么找朋友了吗？学会礼貌、学会分享、学会道歉，我们都能找到很多好朋友。

集体：谢谢大家！（全体鞠躬，拿道具离场）

第四辑　家长剧

剧照

一只想当爸爸的熊

【演员表】

大熊：邹陨键爸爸

美女熊：黄睿朗妈妈

马敏仪：廖熙楠妈妈

小兔子及大提琴音乐：周梓岚爸爸

母鸡叽叽：陈奕瞳妈妈

母鸡恰恰：刘宝莹妈妈

青蛙1～2：钟蠡爸爸、许瑞爸爸

大树：江映辰妈妈

旁白：吴筠彤妈妈

【剧本】

第一幕　想做熊爸爸

旁白：寒冬已过，春天将至，在万物复苏之时，森林精灵用魔力唤醒了一只连睡梦中都想做爸爸的大熊！（舞蹈28秒）

精灵：好好去做一只熊爸爸啦！

旁白：叮，大熊惊醒。

大熊：我是谁？我在哪？要做什么？（回头看到只熊宝宝布偶）

大熊：想起来了，我好想做一只又大又壮的熊爸爸。

旁白：但是，要怎样做，才可以做熊爸爸呢？他一直想一直想，怎样都想不出一个好办法。于是它鼓起勇气用尽力全身力气对着森林大喊。

大熊：谁可以告诉我，怎样才可以有一只熊宝宝。

第二幕 问小兔子

旁白：这个时候，突然间出现一只兔子。大熊走过去问。

大熊：小兔，请问怎样可以有宝宝啊？（兔子慢慢站起来，越来越大，大熊心想"天啊，这是什么啊？"）

兔子：（惊讶地问大熊）什么，你再讲一次？你真不知道？宝宝就在泥土里长出来的！你去田地里仔细找，如果看见在小萝卜中间有对耳朵露出来，你就将它拉起，这样你就拥有小宝宝了，记得要小心点哦！

旁白：虽然半信半疑，但大熊还是去田地里找一对小耳朵……但是拉出的依然是一只胡萝卜……它有点失望地继续寻找，它见到母鸡带着一群小鸡欢乐游戏（小鸡恰恰舞半段30秒），大熊又走了过去。

第三幕 问母鸡恰恰和青蛙

母鸡恰恰：停！大熊，你来凑什么热闹啊，手里还拿着一个胡萝卜？

旁白：大熊手舞足蹈说发生的事！

母鸡叽叽：错啦，错啦，生宝宝其实好简单，你只要拿一只蛋，蹲着孵蛋，就能孵出一个小宝宝了。

旁白：母鸡叽叽送了一只蛋给大熊（此为真鸡蛋），大熊觉得这个方法不怎么靠谱，但它决定找一个适合的地方好好孵蛋。（屁股一坐，蛋碎）大熊好烦躁，它需要冷静，于是跑去池塘一头扎进水里，这个时候传来青蛙们清脆的歌声。

青蛙：快乐池塘栽种了，梦想就变成海洋，鼓的眼睛大嘴巴，同样唱得响亮……（《快乐小青蛙》）

青蛙1：大熊你来潜水吗？

旁白：大熊又手舞足蹈再次讲一次发生的事！

青蛙2：这样吧，你像我们这样，对着这些圆头圆脑的黑色小鱼（蝌蚪道具游过）唱歌，唱着唱着它们就会慢慢变成你的迷你版宝宝啦。

旁白：大熊再一次说服自己相信了，于是它张开难听的嗓子唱啊唱，但

是……（大提琴悲伤的音乐响起）

第四幕　大熊遇到幸福

旁白：大熊觉得非常失望，它孤单地坐在草地上，仰头看着天空一朵变来变去、好像熊的云，它突然想起熊妈妈讲的大熊云的故事，熊妈妈说熊宝宝出生之后就会在大熊云那里游戏，时间太长了，大熊都快忘记了！

旁白：忽然，有一个好温柔的声音在大熊耳边轻声说。

美女熊：你好想要一只熊宝宝，是吗？

大熊：你怎么知道的？

美女熊：因为你一直在看那朵好像熊宝宝的云。

旁白：美女熊微笑着向大熊靠近。

大熊：你相信大熊云的故事吗？

旁白：美女熊摇摇头，但它见大熊不开心就立刻说。

美女熊：如果你愿意跟我结婚，明年春天，我们就会有一只可爱的熊宝宝啦！

大熊：是不是真的？！

旁白：大熊非常高兴，一边问一边跟在美女熊后面，它们要准备迎接可爱的熊宝宝了！

第四辑　家长剧

剧照

友爱之花

【演员表】

旁白：伍艺菲家长

花：陈靖潼家长、周俊霖家长、徐雅亮家长

鱼1：加泽辉家长

鱼2：罗永迅家长

树：周宇瀚家长、陈相妤家长

花狐狸：王懿若家长

小兔子：陈婷家长

狗熊：罗永迅妈妈

【剧本】

第一幕　脏兮兮的小汪

旁白：这是一个阳光明媚的日子，小兔子和狗熊正在小溪边开开心心地戏水。

鱼1：（对小兔子说）阿图，你的耳朵真长，真漂亮呀！

小兔子（开心）：谢谢！

鱼2：狗熊站在你身边真……你看看它，浑身脏兮兮的。

狗熊（不高兴了）：喂！你们说话怎么这样呀！

小兔子：（心情有点复杂，拉住狗熊）好了，小汪！你身上是挺脏的，怎么能怪别人呢……

旁白：狗熊愣住了，不敢置信。后垂头丧气，一言不发，转头走开。小兔子也没追上去，它在对着水面，满意地看着自己的倒影。

（大树和花朵摇摆跳着舞转一圈）

第二幕　和好

旁白：花狐狸躲在一棵大树后，看着垂头丧气的脏脏的狗熊走了过去，心里很惊喜。

花狐狸：（内心独白）哈哈！这只狗熊，终于肯离开小兔子了！这下可好，我就不愁我的午餐没着落了！

（这时，打扮光鲜的小兔子蹦蹦跳跳地来了。花狐狸猛地跳出来，拦在小兔子面前，得意地狞笑着）

花狐狸：哈哈哈，小兔子，你要为你的虚荣付出代价！今天，就让我吃了你，也算是帮那笨狗熊要个公道！哈哈！

小兔子：（吓得花容失色）你你你……不要吃了我，不要吃了我！

花狐狸：（更加得意）谁叫你也那么笨，乖乖地送上门来！我不吃到口的大餐，我岂非比你更笨！

（这时，花狐狸身后一声大喝，狗熊跑了回来，坚定地拦在了小兔子面前）

花狐狸：（不解、愤怒）你这只笨狗熊，它那么爱面子，嫌弃你，你还自愿为它送命？！

狗熊：（坚定地）是的！阿图是我最好的朋友，就算它嫌我脏，但也是我自己不爱干净，不能怪它！我一定要保护我最好的朋友，你休想得逞！

（说着，狗熊扑了上去，对花狐狸又追又咬，花狐狸吓得赶紧跑掉。狗熊转身看着满脸羞愧的小兔子）

狗熊：（真诚地）阿图，你别太在意了。本来就不是你的错嘛。我刚才是想赶紧回家洗个澡，就没和你说……没想到差点害了你……对不起。

小兔子：（羞愧万分）不，小汪……花狐狸说得对，我太虚荣了！应该是我说对不起的。小汪，对不起！

（说完，小兔子摘下自己头顶的蝴蝶结，仔细地系在狗熊的脖子上）

小兔子：（高兴地）太好看了，小汪！

狗熊：（害羞地）谢谢！阿图，我们是好朋友吗？

小兔子：（抱抱狗熊，坚定地）当然了！还是永远永远不离不弃的好朋友！！

> 让戏剧照见童年：幼儿园偶剧剧本精选

树林的草地上开满了美丽的野花，小兔子阿图和狗熊小汪的友情之花也愈发娇艳了……

第三幕　结束

（最后大家一起围圈开心跳舞）

集体：祝大、小朋友们"六一"节快乐！谢谢大家！（全体鞠躬，拿道具离场）

剧照

新编小红帽

【演员表】

小红帽：洪启城妈妈

小红帽妈妈：梁庭宽妈妈

外婆：罗雅文爸爸

二哈：朱文哲、朱文昊爸爸

搬道具：冯梓钊妈妈

消防员叔叔：唐乐言妈妈

小红帽同学：邱承誉妈妈

猎人：朱文哲、朱文昊爸爸

【剧本】

第一幕　上午，消防局

旁白：在一个风和日丽的上午，消防员正在对搜救犬进行训练。

消防员：快点！快点！你没有吃饱饭呀！

二哈：累死啦！有本事你来跑啊！吃那么一点点的狗粮就要跑十几公里，狗命也是命来的！我不干啦！

（接听搜救电话）什么？西华路有个小孩子走失了？现场怎么样？好，马上过来！

（二哈悄悄溜走）

消防员：（接听完电话）咦？我的狗呢？竟然敢偷偷溜走？别让我捉到你，不让有你好受！哼，等我先把事情忙完再去抓你！

第二幕　翌日上午出家门

旁白：从前，有个人见人爱，花见花开，汽水见了会自动开盖的超级可爱的女孩，她最喜欢戴着一顶红色的帽子，于是大家就叫她小红帽。

妈妈：女儿，暑假你要去外婆家住，记住要听外婆的话，千万不能惹外婆生气，在外婆那里不要只顾着吃和睡，要多做点运动，不然很容易变成胖女孩的。

妈妈：还有呢，你一个人去外婆家，一定要小心呀，要是被人贩子抓走了那就麻烦了。

小红帽：（不耐烦地背起行囊）知道啦！知道啦！拜拜！

第三幕　中午去外婆家路上

小红帽：啦啦啦！去外婆家咯！再不用被妈妈整天唠叨，真开心！（看见同学招手）喂，你们在玩什么呀？我也要一起玩！

小红帽同学：哇，小红帽，你拿着这么大袋的是什么呀？

小红帽：衣服和裤子呀，我现在要去我的外婆家，我的爸爸妈妈都要上班，整个暑假我都要到外婆家住。

小红帽同学：你外婆家远吗？

小红帽：不远呀，走进这个森林转左再转右再转左第三棵橡树下面就是我外婆的家了。

小红帽同学：你弄得我都想回外婆那儿去了。

小红帽：哈哈！我外婆家有超多好吃的，有巧克力、薯片、紫菜、饼干……

小红帽同学：你先把东西放下来，我们玩一会儿，你才回去吧！

小红帽：好啊！

（歌舞，音乐起）

二哈：（在一旁偷听）哇，听得我口水直流。我真是太惨了，离开了主人以后，从昨天早上开始到现在都没吃过东西了，不如，我先到小红帽的外婆家，去那儿找点东西吃吧。

第四幕　中午，外婆家

二哈：（敲门）外婆，是我，你的孙女小红帽。

外婆：（正在敷面膜）哎哟，我的乖孙女到了。（打开门）

二哈：啊啊啊！鬼啊！

外婆：你在乱叫什么，我是你外婆！我正在敷面膜呢！

二哈：吓死我啦！

外婆：我的眼睛有白内障，看得不是很清楚。总觉得孙女你高了很多？

二哈：我吃饭多，所以长高了。

外婆：来得正好，一起和我跳舞，锻炼锻炼身体。

二哈：哦。（内心独白：不是吧，我饿得不行了，还要陪你跳舞）

（音乐起，二人跳舞）

二哈：（敲晕了外婆）我实在受不了你了！（把外婆绑在卧室中）我终于可以痛痛快快地大吃一顿了！

第五幕　中午，外婆家

小红帽：（敲门）外婆，快开门呀，我是小红帽。

二哈：哼，我都还没吃东西呢（小声）。（穿上了外婆的服饰，躺在床上用被子遮掩住头部）门没上锁，你自己进来吧。

小红帽：哇，外婆，你为什么胖了这么多？

二哈：我最近天天都在吃雪糕。

小红帽：为什么你的声音也变了？

二哈：吃这么多雪糕，就容易有痰的，所以感冒了。

小红帽：为什么你的身上长满了毛？

二哈：你的问题能不能别这么多！

小红帽：（内心独白：奇怪，太奇怪了，她一定不是外婆，难道是大灰狼？不行，我要冷静，找个办法抓住她）哎呀，外婆，我突然肚子有点疼，听说家的厕所堵了，我去一趟公共厕所再回来。

（小红帽找来了猎人，回来屋内，歌舞，音乐起）

小红帽：猎人叔叔，就是它！肯定是这只大灰狼吃了我外婆！快点打死它！

二哈：你别乱说，什么叫吃了你的外婆，我受不了她敷面膜的样子，把她绑到隔壁去了而已。（脱掉外婆的衣服）

猎人：这只不是大灰狼，它是哈士奇。

小红帽：我不管它是什么人，随便进入别人家都是犯法。

猎人：（举枪指着）你说得也有道理，来吧，跟我去森林监狱吧！

二哈：（奔跑）不要呀！我又不是坏人，我只是肚子饿了而已（跌跌撞撞，被猎人抓住，跪地求饶痛哭），做野生动物实在太难了，比训练还苦。其实我不是流浪狗，我是消防队的搜救犬，麻烦你帮我联系一下森林消防局的主人。

猎人：（致电消防局）你好啊，消防局，请问你们是不是丢了一只狗？是的，是的，小红帽外婆这里有一只，麻烦你过来把它领回去吧。

（消防员到来）

猎人：你好，请你看看这是不是你的狗？

消防员：（看见二哈）你这家伙，不想训练就跑到这里来了，回去把你的毛都拔光，看你还有没有脸到处跑。

二哈：主人，我再也不敢走了，打死我都不走了。我好饿啊，给我点狗粮吃吧，呜呜！

旁白：就这样，小红帽用自己的智慧，解救了外婆，还把搜救犬还给消防员，大家都称赞她是森林小英雄。

第四辑　家长剧

剧照

蜘蛛和苍蝇

【演员表】

旁白：潘培嘉妈妈
蜘蛛：钱宥然妈妈
苍蝇：陈恺蕙

蜘蛛网：范一妍妈妈、黄铭荃妈妈、陈恺蕙妈妈、金楷浩妈妈

【剧本】

第一幕　诚心邀请

蜘蛛：可否请您到舍下一坐？我那漂亮的客厅您肯定从未见过。请走这边弯弯的楼梯，来来来，来看看我家的陈设有多精美。

苍蝇：哦，不去，不去。你问我真是白费力气。我知道，走上你家楼梯简单，想下来可没那么容易！

蜘蛛：您飞得那么高，现在一定很疲惫。何不到我的小床来养精蓄锐。床上铺着轻软的床单，床边挂着美丽的纱帐，您若想打个盹儿，我还会帮您把被子盖上。

苍蝇：哦，不去，不去。我曾经听人说，谁要在你床上睡一觉，就再也别想醒过来！

蜘蛛：亲爱的朋友，我可是真心实意的，怎么才能让您明白？我储藏间里的美食应有尽有，我诚挚地邀请您，赏个光，来尝一口。

苍蝇：哦，不去，不去。好心的先生，我不可能去。你那储藏间里的东西呀，我一点儿都不想看见！

蜘蛛：可爱的小姐哟！您真是聪明又风趣，翅膀像轻纱那样漂亮，眼睛也神采奕奕！我楼上客厅有面小镜子，来吧，亲爱的，上来一会儿，看看您自己是多么美丽。

苍蝇：我谢谢你，好心的先生，感谢你赞美的语句，不过我现在就要告辞，改日再登门拜访你。

第二幕　听信花言巧语丧命

旁白：蜘蛛转过身子，走回家里，它胸有成竹，知道愚蠢的苍蝇很快就会回来。于是它在不起眼的角落织起一张精妙的网，布置好餐桌，准备将苍蝇大餐一扫而光。然后，它走到家门口，嘴里哼着快乐的小曲。

蜘蛛：来吧，来吧！美丽的苍蝇，你的银翅亮晶晶，你的紫绿长袍多轻盈，你的发型很妩媚，你的眼睛似钻石般晶莹，胜过我这呆愣愣的眼睛！

旁白：糟了！糟了！看这只蠢蝇，一听到花言巧语，就回转身，嗡嗡嗡，拍着翅膀越飞越近。它只想着自己神采奕奕的眼睛，紫绿色的身影，满脑子是自己美丽的发型。这只蠢蝇！终于……

旁白：狡猾的蜘蛛一跃而起，猛地抓住了这只傻傻的苍蝇。它拖着苍蝇走上弯弯曲曲的楼梯，一头钻进阴森的家里。就在那小小的客厅中——苍蝇再也没出来！

旁白：好了，亲爱的孩子们，听完了这个故事，愿你们把这句话记住：甜言蜜语永远别当真！（全程中，蜘蛛都半举着双手或垂下双手前后左右地走动几步，苍蝇则扇动着翅膀或摆造型）

让戏剧照见童年： 幼儿园偶剧剧本精选

剧照

深目国

【演员表】

幕后：睃玥妈妈、姚子腾妈妈
旁白：薛坤燚妈妈
螃蟹：睃玥爸爸
章鱼：姚子腾爸爸
虾：郑明慧爸爸
交警：王梓爸爸：
小蓝：黄宸熙妈妈

小绿：鞠铭晴妈妈
店员1～3：黄曦瑶妈妈、廖哲妈妈、黄梓淇妈妈
居民1～2：廖卓恒妈妈、郭刘鹏德妈妈
小绿：袁萃晴妈妈
小蓝：施陈华妈妈

【剧本】

第一幕　出场

（加一段入场音乐）

旁白：大海中，章鱼、虾和蟹是好朋友，它们经常一起在海里游历。这天，它们来到了一个神奇的国家——深目国。

（深目国居民出场，各种形态：有开车的、有走路的、有打招呼的、有……）

旁白：这里的人们眼睛长在头顶，这样可以让他们在任何情况下都能清楚地看到周围的环境。让我们一起来看看他们的生活吧。

第二幕　误入车流

章鱼：哇，这里的人真是太特别了！他们的眼睛都长在头顶上，是不是可以

看到很多我们看不到的东西呀？

虾：是呀，我也很好奇他们的世界是什么样子的？

螃蟹：他们眼睛的位置真是让人捉摸不透！

旁白：三人对于深目国充满了好奇，它们四处观看，却没注意自己不小心走进了车流中。

（三人到处看，不小心误入车流，在里面躲来躲去。章鱼和虾都敏捷地跳了出来，剩下蟹在里面）

（音效：被人打，"哎呀哎呀"的惨叫声）

旁白：这时，深目国的交警出现了。他看到了章鱼、虾和螃蟹的困境，立刻行动起来。

（交警出现，一提溜把螃蟹拉了出来，螃蟹满身伤）

章鱼、虾：哇！你怎么了！没事吧。

螃蟹：（晕晕乎乎）我没事……（啪嗒，蟹钳掉了）

交警：你们怎么这么不小心？过马路要看红绿灯啊！

章鱼：我们海底没有红绿灯，第一次上岸，不认识这些新奇东西，你能告诉我们怎么看红绿灯吗？

交警：红灯停，绿灯行，黄灯亮了等一等。

三人：哦，我们知道啦！红灯停，绿灯行，黄灯亮了等一等。谢谢你！小朋友们，你们知道了吗？

（交警清理道路，帮助三人过马路）

第三幕　遭遇欺骗

旁白：三人继续前行。他们来到了深目国的步行街上，看到了琳琅满目的商品，顿时眼花缭乱，看什么都觉得十分新奇。

店员1：走过路过，不要错过！快来看一看，瞧一瞧，本店最新研发的产品"温暖牌"保温杯。拥有一个，整个冬天都暖暖的。

虾：哇！这个保温杯看起来很不错哦！

店员1：你真是有眼光！我们这个保温杯，保温效果杠杠滴！把热水装进去，一个星期后还是热的呢！你试试！

旁白：虾拿过店员手中的保温杯，迫不及待地打开，结果——

虾：哎呀哎呀！烫死我啦！

（杯子一打开，水洒了出来，烫到了虾）

章鱼、螃蟹：你没事吧？你没事吧？

螃蟹：哎呀，虾头都被烫熟啦！

虾：哇哇哇，怎么办，怎么办，我要熟啦！（大哭）

（店员1心虚地灰溜溜地走了）

章鱼：哎呀算了算了，我们一会儿回家涂点药膏吧。

旁白：三人离开了这家店，继续往前走，来到了一家护肤品店。

店员2：清仓大甩卖，全场9块9，买不了吃亏，买不了上当！快来瞧一瞧吧！

（三人十分感兴趣，凑过去看）

螃蟹：哎，这个很适合我呀！我的大蟹钳这么粗糙，正好需要一支护手霜呢。

店员2：就是就是，来来来，我这里有试用装，我给你试一下吧。

（店员2给蟹钳涂上护手霜）

螃蟹：嗯，确实不错，好滋润啊！你们摸摸看，现在我的蟹钳可是像鸡蛋一样滑溜溜的呢！

旁白：螃蟹一脸得意，十分满意这支护手霜，正想付钱时——

章鱼：哎呀哎呀，你快看，你的蟹钳怎么变大变红啦！

虾：呀！是过敏啦！

（说完，蟹钳就"啪嗒"一下掉了下来）

螃蟹：呜呜呜，我的大蟹钳。

店员2：哎呀没事没事，我这店里还卖胶布咧。我帮你把蟹钳缠上！

旁白：店员2拿来胶布，大家手忙脚乱地帮螃蟹缠胶布，结果蟹钳伤得更严重了。

螃蟹：哇哇哇哇（哇哇大哭）。

旁白：螃蟹伤心地哇哇大哭，店员也自知理亏，灰溜溜地逃走了。

虾：唉，没事没事，幸好蟹钳还在，一会儿找个医生帮你接上去哈。

旁白：三人赶紧离开了这里，又继续往前逛。

章鱼：哎，看！那里卖鞋子。快陪我去看看吧，我这八只脚虽然多，但是走了太多路，也好痛啊！陪我去买鞋吧。

旁白：三人一走进鞋店，店员就笑开了花。

店员3：（心理独白）嘿嘿嘿，来了单大生意啊！这只章鱼有八只脚，岂不是要买八双鞋子了？看来今天要大赚一笔了！

店员3：来来来，我尊敬的VIP，让我来给您推荐一下吧。这双鞋子又软又舒服，穿上去，保准你走十万八千里脚都不痛呢！

旁白：章鱼一听，十分心动，赶紧要了一双鞋试穿。章鱼穿上鞋子，在地上走了几步，正满意时，尴尬的事情就发生了。

虾：咦，这是什么？（从地上捡起鞋垫）

螃蟹：这不是你的鞋垫吗？

章鱼：哎呀，糟糕，什么时候穿了个洞！

章鱼：（把鞋一扔）哼！还给你！

旁白：尽管章鱼、螃蟹和虾遇到了这么多问题，却一直不明白是为什么。这时，一位深目国的居民走了出来，告诉他们。

居民1：唉！你们上当受骗啦！这些劣质小贩，为了追求利润，出售了许多假冒伪劣商品。但是因为我们深目国的人眼睛长在头顶，能看透他们的阴谋诡计，骗不了我们。所以，只能骗骗你们这些什么都不知道的游客啦！

三人：哦，原来是这样！看来以后买东西一定要小心谨慎，看清质量，可不能再被这些劣质小贩欺骗了。谢谢你啊！

第四幕　深目国人的近视眼

旁白：章鱼、螃蟹和虾逛累了，准备回到船上休息，结果，在路上，他们又遇到了一件搞笑又有趣的事情。

小绿：小蓝，我的好朋友。

小蓝：小绿，我最好的朋友。

（两人从两边跑向对方，结果不小心抱错了人，小绿抱空了，小蓝抱住了螃蟹）

小绿：哎，人呢？（左看右看）

小蓝：咦，小绿，你怎么胖了这么多（到处摸）。哎，你的眼睛怎么变得像蟹钳这么大？

章鱼：你们抱错人啦！

小蓝：啊？（仔细看看）哦！不好意思，不好意思！

旁白：由于被用力地抱了一下，螃蟹的蟹钳彻底掉了。

螃蟹：啊！我的蟹钳！

旁白：正当螃蟹准备蹲下捡起自己的蟹钳时，一个深目国人（一手拿书，一手拿IPad，戴着大大的眼镜）走了过来，一脚踩在了蟹钳上。

居民2：嗯？我好像踩到了什么？是鱼吗？真奇怪，这里怎么会有鱼呢？

螃蟹：什么鱼，这是我的蟹钳啊……

章鱼：唉，看来，深目国人的眼睛长在头顶，也是有好有坏啊！

虾：虽然眼睛长在头顶，可以让他们看到高处的事物，看到一些背后的阴谋诡计，但也可能带来一些不便呢。无论眼睛长在哪里，都需要我们有专注和细心的态度，才能更好地应对生活中的挑战。

旁白：三人经过这次游历，明白了许多道理。它们收获满满地回到海底，准备继续下一次的游历了。

剧照

劳民国

【演员表】

旁白：何馨语妈妈
林之洋：钟琬爸爸
阿劳：李韵竹爸爸

阿动：熊宸熠妈妈
阿人：张尹芊妈妈
阿民：金佳淇妈妈

【剧本】

第一幕　出场

旁白：唐敖、多九公还在伯虑国，林之洋先行来到了劳民国，劳民国的人终日忙忙碌碌，从来没有片刻的清闲。他们到处找活干，从不用脑。于是，林之洋想测试一下他们是否真地不用脑就去蛮干活。

阿劳：大家好，我叫阿劳。

阿动：我叫阿动。

阿人：我叫阿人。

阿民：我叫阿民。

四人齐声说：我们是劳动人民。我们在一起，就会了不起，欢迎大家来到劳民国。

第二幕　与劳民国人合作

林之洋：你们好！我叫林之洋，想和你们合作一下。听说你们很喜欢劳动，我给你们一些种子,你们负责种,收成之后,我一半你一半,怎么样?

旁白:劳民国的人想都没有想就答应了。

四人齐声说:好,没问题!

阿动:我们最喜欢劳动了。

林之洋:这次种子的收成,你们要上面那一半,我要下面的。

四人齐声说:好,没问题!

旁白:劳民国的人不分昼夜开始干活了。有的播种、有的灌溉、有的帮忙除杂草。农作物一天天地长大,丰收的日子到了,他们挖出了萝卜。

林之洋:哈哈,上面那半是你们的,下面那半就是我的。

旁白:劳民国的人瞪大眼睛看着自己的这堆萝卜叶子。

阿人:怎么最好的都在你那边!

林之洋:之前商量好的嘛!你们同意的。

第三幕　再次合作

阿劳:好吧,你还有种子吗?我们再耕作一次,但是下季的收成,我要下面那一半!

林之洋:就这么说定了!这是新的种子。

旁白:于是,劳民国的人又继续忙着播种、灌溉、除杂草。农作物一天天地长大,丰收的日子到了,他们这次挖出了芹菜。

林之洋:哈哈,上面那半是我的,下面那半就是你们的。

旁白:劳民国的人皱着眉头看着自己的这堆乱糟糟的菜根。

齐声说:哎,又白干一场。

第四幕　第三次合作

阿民:你再给我们种子,我们再耕种一次。下一季的收成,我要上面那一半,也要下面那一半。

林之洋：好，下次收成的上下两半都归你，这样才公平。给你们种子。

劳民国的人：那就这么说定了。

旁白：于是，劳民国的人又继续辛勤地播种、灌溉、除杂草。农作物一天天地长大，丰收的日子到了，他们这次收获了玉米。

林之洋：哈哈，上面、下面都是你们的，中间归我的。

第五幕　醒悟

旁白：这时，劳民国的人终于清醒了。

齐声说：我们一直都是蛮干，都没动过脑。

林之洋：我只是跟你们开个玩笑，让你们知道很多事情不是光做就可以了，还要多动脑筋，这样才能实现劳动致富！你们的收成我全部都放回你们家里了。

四人齐声说：谢谢！我们现在都知道啦！大家劳动需动脑，勤思考来不蛮干。智慧汗水齐努力，收获成果更灿烂、更灿烂！

林之洋：孺子可教也，长智慧了，妙哉妙哉！

剧照

翼民国

【演员表】

老实大臣：赖雨澄妈妈
拍马屁大臣：阮昊麟妈妈
小公主：林雅瑶妈妈

仆人 A、B：连科杰妈妈、黄梓乐妈妈
医生：邱楚知爸爸
旁白：邱楚知妈妈

【剧本】

第一幕　出场

旁白：从前有个美丽的国度叫翼民国，那里有座小城堡，住着一位可爱的小公主，还有她的一群大臣、仆人。

小公主：大家好，我是糖果小公主，我最喜欢吃甜甜的糖果，别人都称赞我笑起来像糖果一样甜，你们觉得呢？哇，我最爱的糖果。

拍马屁大臣：大家好，我是翼民国的拍马屁大臣。看我身后长着一对大翅膀，用它来拍马屁可厉害呢，哈哈哈。

老实大臣：大家好，我是翼民国的老实大臣。我对我们的小公主最忠心了。

第二幕　不爱刷牙的公主

旁白：小公主从一早起床后，就一直舔着棒棒糖，不愿意刷牙。

仆人 A：小公主，请先放下棒棒糖，来刷刷牙吧。

小公主：（不愿意地皱眉摇头）不要，我最喜欢吃棒棒糖，我还要吃。我最讨厌刷牙了，我不要刷，我不要刷。

老实大臣：小公主啊，您如果不刷牙，牙齿会烂掉的，赶紧刷牙吧！

小公主：刷牙太麻烦了，我讨厌麻烦的事情！

拍马屁大臣：哎呀，糖果小公主，您说得太对了！早上刷牙，晚上又刷牙，多麻烦啊！我们尊贵的小公主，口腔可干净呢！

小公主：对！拍马屁大臣，你说得最对！

第三幕　不吃蔬菜的公主

旁白：午饭时间到啦，仆人们给小公主摆了一桌子美味的食物，有大鸡腿肉和蔬菜。

老实大臣：（皱着眉头）小公主，您该吃点蔬菜了。如果你只吃鸡腿，不吃青菜，对您的肠胃不好啊！

小公主：我不要！青菜那味道一点都不好，我只喜欢吃鸡腿！

小公主：哼！老实大臣，你处处跟我作对，你再不闭嘴，我就让人打你嘴巴啦！

拍马屁大臣：小公主您说得太对啦！青菜那味道，咦，干巴巴的，不好吃。小公主爱吃什么就吃什么，不用别人管。

小公主：还是拍马屁大臣最疼爱我。来人啊，给我赐一箱宝物。

第四幕　公主生病了

旁白：一个晴朗的早上，小公主睡醒后，突然大哭大叫。

小公主：哎呀、哎呀，我的牙齿怎么啦？疼死我啦，呜呜呜。

仆人B：小公主，您怎么了啊？别哭了，别哭了，我们赶紧让医生过来。

小公主：哎呀，我的肚子也好疼啊。

医生：小公主，您怎么了？

小公主：我的牙齿好疼，肚子也好疼。你快帮我看看吧。

医生：哎呀，我可怜的小公主，您不爱吃青菜，不爱刷牙，所以才会牙齿疼和肚子疼。

小公主：呜呜呜，医生叔叔，快给我上药，痛死我了。

医生：小公主，来，我给你上点止痛的药。您不可以再乱吃糖果了。还有，您一定一定要坚持每天早晚刷牙啊，要不然，您之后会更难受的。

旁白：小公主边擦眼泪，边点头，似乎听懂了医生的话。

第五幕　公主醒悟

小公主：拍马屁大臣，你不是说过，吃糖后可以不刷牙吗？我怎么长了那么多蛀牙；你不是也说过，吃鸡腿会长壮壮，青菜可以不用吃吗？怎么我会肚子痛，还放很多臭屁啊？原来，原来这些话都是你说来哄我的，都不是真实的话。

小公主：老实大臣，还是你最老实，愿意跟我说真话。我现在知道了，早晚要刷牙，保护好自己的牙齿。还有吃饭的时候，需要肉类和蔬菜搭配着吃，不可以挑食。

老实大臣：哈哈哈，我聪明的小公主，您太懂事了，终于明白了这些道理！

小公主：来人啊，给我惩罚拍马屁大臣，然后把所有礼物都送给老实大臣。

小公主：小朋友们，你们喜欢吃糖吗？（回答：喜欢。）那你们会早晚刷牙吗？（回答：会！）你们除了吃鸡腿，也会吃青菜的，对吗？（回答：对！）哇！你们太棒了。来，你们都有奖励。（配乐：勇气大爆发）

剧照

君子国

【演员表】

唐敖：张毅宁爸爸
林之洋：林思翰爸爸
多九公：周楚烨爸爸
鞋店男老板：伍振烨

女顾客：黄裕茵
君子国国民：伍振业妈妈、李卓阳妈妈、陈浩南妈妈、王申源妈妈、朱谦诺妈妈、黄裕茵妈妈

【剧本】

第一幕　初到君子国

鞋店男老板：哎，哎，你站住，快站住，站住！

女顾客：呃！

鞋店男老板：啊啊！

女顾客：是我吧？

鞋店男老板：对，本店对顾客买一送一，您刚才买了本店一双鞋，所以呢，还得再送一只，您收下吧。

女顾客：那我只好再买一只。

鞋店男老板：那我们就再送一只。

女顾客：那我再买。

鞋店男老板：那我们再送。

女顾客：我买。

鞋店男老板：再送一只。

女顾客：我买。

鞋店男老板：您收下。

女顾客：我买。

鞋店男老板：我们再送一只。

女顾客：那我再买。

鞋店男老板：我们再送。

第二幕　怪异的足球比赛

林之洋：嗯嗯，这倒是个促销的好办法。

多九公：快过来吧，时间已经来不及了，快走吧。

多九公：咦！怎么把球发给对方。

球员：请，请，请，请。

解说员：各位观众，各位观众，现在球赛已经进入了白热化。白方总部独立球队公认是我国足球崛起的新军，正和我国老牌甲级死守队打得火热。

多九公：什么臭球啊！

球员：请请，你请请。你请，请请请。

解说员：各位观众，各位观众，死守队到底是某国足球大赛的九连冠，他们凭着经验终于让总部球队攻进了一球，现在死守队已先一球领先。

多九公：有这么踢球的吗？哎呀！

球员：请请请请，请请，请吧，哎！

解说员：太漂亮了，关键时刻在自己的禁区犯规，送给对方一次点球的机会。

球员：你来，你来，还是你来吧。

多九公：我来踢……

第三幕　地狱判官

判官：升堂。经法庭调查，多九公擅自闯入比赛场内，滋生事端，造成不良影响。现在我代表君子国最高法庭宣判，责令多九公到我君子国礼仪专科学校服役三年。

多九公：这还不如让我去上吊呢。

判官：大胆，多九公犯咆哮公堂、藐视法庭之罪，本庭决定再加刑一年。

多九公：我冤枉，我真是冤枉啊。

判官：冤枉，再加一年。

多九公：啊，我抗议，我抗议，这是什么君子之法，这是什么君子之法？！

判官：真是朽木难雕，再给他加刑两年，一共七年。

唐敖：哦，不不不不。七年不够，应该再加七年。

多九公：啊！

唐敖：法官大人，贵君子国的民情世风真是让我耳目一新，茅塞顿开呀，尤其是目睹了贵国的一场球赛，更胜我苦读十年之书，然而却想不到我这个同伴却是如此冥顽不化，不通事理，哪里懂得什么君子之道啊，对吗？法官大人。

判官：到底是大唐圣邦来的人，果然是深明大义。既如此，本法庭就减他一年刑，改判六年。

唐敖：哦，这怎么行呢？如果依他的行为，比赛时人人都将球踢进对方的球门，这不就将幸福建立在别人的痛苦之上了吗？应该再加刑八年。

判官：真是一语说中，难能可贵，本庭再减他一年，改判五年。

唐敖：不行，如果各行各业效仿我那同伴的竞争策略，人人发扬长处，各显其能，那岂不是让许多"君子行业"倒闭，让许多君子国人砸了饭碗吗？此等过失，应该再加十年也不算多呀。对吗？法官大人。

判官：哦，深刻，我改判。

多九公：法官大人，我过失甚重，您再给我加十年，行吗？

判官：嗯啊，你已悔悟，我再减一年哦。

多九公：呃，大人，您再给我加20年。

判官：我再减一年。

多九公：再加 30 年。

判官：再减一年。

多九公：再加 40 年。

判官：再减一年。

多九公：再加 50 年。

判官：再减一年。

多九公：加 60 年。

判官：再减一年。

多九公：干脆，法官大人，您判我无期吧。

判官：我代表君子国最高法庭宣判，将多九公当庭释放。

第四幕　逃离君子国

判官手下：唐先生，您留步啊，唐先生，鄙国有一事与您相商啊。

群众：欢迎圣贤再次光临帝国，欢迎圣贤再次光临帝国，欢迎圣贤再次光临帝国，欢迎圣贤再次光临帝国。

林之洋：可拉倒吧。

多九公：老夫的余生差点搁在这儿了。

唐敖：你只是差点儿，我可是真要搁在这儿哦。等等，你们看这是什么？刚才我已经受聘为君子国礼仪研究院的顾问了，他们还等我接了家眷回来上任呢。

林之洋：得了，你别再把我妹妹也给害了。

林之洋、唐敖、多九公：哈哈哈哈。

让戏剧照见童年： 幼儿园偶剧剧本精选

剧照

犬封国

【演员表】

旁白：李宁均妈妈
唐敖：李梓铭妈妈
林之洋：赵泽忻妈妈

犬封国国王：陈思越爸爸
仙女：刘昕睿妈妈、梁玮昊妈妈、
黄晴晞妈妈

【剧本】

第一幕 犬封国街道

旁白：唐敖和林之洋走在犬封国的街道上，周围是奇特的建筑和陌生的行人。犬封国的居民都是狗的模样，犬首人身，他们以鸡为食。（音乐：街道嘈杂声音）

林之洋：（动作：指向前面的一座高大的建筑）唐敖，那看起来像是一个宫殿，我们去看看吧。

唐敖：（动作：点头）好的，我们过去看看。

第二幕 宫殿内部

旁白：唐敖和林之洋走进宫殿，见到一个奇怪的国王，他的脸像狗一样。（播放欢乐的音乐；犬封国国王出场）

犬封国国王：（傲慢地）你们是谁？来我这里做什么？

唐敖：（礼貌地）我们是来自中国的旅行者，我们想向您借一些水。

犬封国国王：（冷笑）你们知道我们犬封国的规矩吗？只有付出代价，才能得到你所需要的。

林之洋：（疑惑）代价？这是什么意思？

犬封国国王：（冷冷地）这意味着你们必须放弃你们最珍贵的东西，作为向我借水的代价。

第三幕　讨价还价

旁白：对唐敖和林之洋来说，最珍贵的东西是他们的地图，他们在考虑是否要放弃地图来换取水。他们和犬封国国王讨价还价，试图找到一个更好的解决方案。

唐敖：（犹豫地）我们不能放弃我们的地图，那是我们的旅行指南。没有了它，我们将丧失方向，无法继续我们的旅程。

林之洋：（点头）我也认为我们不能放弃地图。我们必须找其他的方法来获得水。

犬封国国王：（嘲笑地）你们这是在拒绝我的提议，那么你们将永远得不到水。哈哈哈哈哈。（奸诈地笑）

第四幕　危机解除

旁白：正当唐敖和林之洋陷入困境时，一群仙女出现在宫殿中，她们为唐敖和林之洋提供了一个解决方案。

仙女们：（温柔地）你们不需要付出任何代价，我们可以为你们提供水。

唐敖：（感激地）谢谢你们，我们会记住你们的帮助的。

林之洋：（点头）我们即将离开这个国家，但我们会永远记住你们的善良。感谢你们，善良的仙女们！（音乐：听我说谢谢你）

唐敖与林之洋拱手向仙女们致谢，全体演员台前致谢、离场。

第四辑　家长剧

剧照

伯虑国

【演员表】

唐敖：周子希妈妈
林之洋：陈钰腾妈妈
多九公：林钰皓妈妈
伯虑人 A：靖晨妈妈
伯虑人 B：铭皓妈妈
伯虑人 C：熙宸妈妈
伯虑人 D：雪柔妈妈
伯虑人 E：朗言妈妈

【剧本】

旁白：故事发生在唐代，主人公唐敖、多九公、林之洋周游列国，今天他们来到了伯虑国。据说，这是一个从来都不睡觉的国家，因为担心闭上眼就会死去，他们宁愿打着哈欠，也从不合上眼，所以这里的人个个无精打采。这伯虑国的人民全都是杞人忧天，自记事起，就被教导不准睡觉。

第一幕　唐敖三人初到伯虑国

旁白：主人公三人正聊着天。这时，一个伯虑国人经过，走着走着，就倒在了地上。

伯虑人 D：啊，他睡着了，这怎么行呀，我们快点叫醒他吧。

唐敖：他这么困，黑眼圈都冒出来了，你们别叫醒他，就让他睡觉吧。

伯虑人 C：你有所不知，闭上眼睛睡着了，很容易会醒不过来，你要是想他好，就别来阻止我们。

伯虑人 A：就是呀，哼！

（伯虑国群众纷纷举起拳头，但还没叫醒这个，却又有一个同伴倒在了地上）

旁白：唐敖见这一群人冥顽不灵，也懒得再去劝解。三人转身离开。

第二幕　林之洋借水喝

旁白：当日，那炽热的太阳散发着毒辣的光芒，仿佛要将大地烤焦一般。林之洋没走几步，便觉得口渴难耐，于是打算到附近去讨碗水喝。他来到一户伯虑人家，看见好好的房子，不知为何，却用几根柱子前后支撑着，看着很奇怪。见房子主人在门外，就上前讨水喝。

林之洋：你好啊，我好口渴，可以让我喝点水吗？

伯虑人E：可以，可以，请进。

伯虑人E：咦，不是啦，我担心这屋子里光线太暗，你会不小心把水喝进鼻子里了，还是到外面去喝比较好。

林之洋：好啦。

伯虑人E：还是不好，外面风大，我怕你吹感冒了，不如我们还是回屋里喝吧。

伯虑人E：还是不行，我担心这屋子会倒塌，太危险了，还是到外面去喝吧。

伯虑人E：但是出来外面喝水，又好像没有好好招呼你，不如还是……

旁白：一会里面一会外面，林之洋一口水都没喝上，被绕得团团转，累得直喘大气。

第三幕　爱莫能助

旁白：终于喝上水的林之洋和多九公他们汇合，继续向前行，突然一阵哀嚎声吸引住了他们。由于天气炎热，土地变得干裂。这些人却以为是地球要爆炸了，所以全部跪在地上，捶胸顿足担心极了。

伯虑国群众：天啊！！怎么办呀！

唐敖：我们是从大唐过来的，请问发生什么事情啊？

伯虑人D：地面突然裂开了，地球可能要爆炸了。（转头后）他们是从大唐来，不如我们去大唐避避险吧。

伯虑人A：好呀好呀，那我们走旱路去吧。

伯虑人B：不行啊，走旱路的话，不但会出现地陷的情况，要是再被水淹没了，那可怎么办呢？

伯虑人A：那就走山路吧。

伯虑人B：山路都不行，山上会有野兽。

伯虑人C：对呀对呀，还有坏人呢，我看哪条路都不要走了。

多九公：我看他们呀，哪都走不了，咱们还是赶紧走吧。

旁白：这时候，一个乐天派的人迎面走来，嘲笑那几个人实在是多虑了。多九公一看，伯虑国也不是完全没有明白人，又忍不住劝告起来。

多九公：你们应该向乐天派学习，轻松自在无忧无虑地活着。

伯虑人B：那个是我们这儿出了名的傻小子，小时候发高烧，把脑子烧坏了才会这样。

旁白：唐敖等人听后，情不自禁哈哈大笑。这个乐天派明明才是正常人，却被说成是傻子。伯虑人不仅有迫害妄想症、强迫症还有焦虑症。唉，真的爱莫能助了。

旁白：如果所有人都像《雀仔飞》里面的小鸟一样，勇敢果断，不要杞人忧天就好啦。

（所有人一起合唱《雀仔飞》）

剧照

女儿国

【演员表】

唐敖：周文盛爸爸
唐小山：刘芷瑜妈妈
林之洋：黄宥棕爸爸
宝儿：马以文妈妈

男孕妇：张洪铭爸爸
女军官甲：邢慕清妈妈
人贩子甲、乙：陈一鸣妈妈、文梓迪妈妈
女军官乙、丙：叶彦红妈妈、谭思玥妈妈

【剧本】

第一幕　初到女儿国

唐小山：老爸、林叔叔，前面就是女儿国了，咱们下船去逛逛透透气吧。

唐敖：（紧张地）啊呀，小山，这女儿国我们怎么可以去呢？

林之洋：（打趣地）唉，唐敖，你怎么如此胆小，难道害怕女儿国的人没见过男人，把你当作怪物抓起来？

唐小山：放心放心。眼前这个女儿国有好多男人的！只不过他们男人穿裙子，不大出门，主要负责家庭琐事、照顾孩子，而女人装扮成男人的模样，负责在外工作挣钱养家，保家卫国。

唐敖：（惊讶）什么？男人扮成女人的样子，难道也要化妆？

林之洋：（兴冲冲）那我们到了女儿国就都成了女人？（屈膝行礼）唐姐姐，您好呀！

唐敖：（打趣地，屈膝行礼）林妹妹，您好。

（三人捧腹大笑）

林之洋：这次我正好带了一大堆化妆品，靠这些东西，我可以赚一大笔钱了。我先进城去看看。（林之洋兴冲冲地下场，唐敖、唐小山随后下场，三人站在舞台旁边）

第二幕　女儿国见闻

（男孕妇上场，手里拎着菜，一手扶着孕肚。唐敖、林之洋、唐小山上场）

唐敖：（捂嘴偷笑）小山、之洋，你们快看，女儿国的男人会生孩子。

男孕妇：哎，你们三个，怎么东张西望偷笑我？不对不对，你们这两个明明是男人，为什么要做女人的打扮？你们不好好在家做家务，偷跑出来玩吗？（指向唐小山）还有你这个女人怎么又扮男人？来人呀。

唐敖、唐小山、林之洋：这位大哥，别嚷别嚷。

（女军官甲上场）

女军官甲：怎么回事！怎么回事？（一把扯住男孕妇，有些凶）哎，你怎么还不回去准备做饭，一会儿宝儿就要放学了！难道让我来做这些吗？

男孕妇：（害怕地）我这就去，这就去了。

唐敖：将军，我们是大唐的商人，来这里做点小生意，卖完货，盖了通关牒文就走。

女军官甲：三位！这里是女儿国，虽然你们不是本地人，但也要入乡随俗，不要取笑我们的文化。这里男人生娃，操持家务，女人工作，挣钱养家。男女分工明确，和你们也没有什么不同！这里不允许男人随便外出游荡，你们不如先借住在我家，待办好事情再走。

（唐敖、林之洋、唐小山跟随女军官甲下场回家）

第三幕　大女儿被拐

（市集上，人贩子甲拉着小女孩宝儿上场，宝儿拿着糖果）

人贩子甲：宝儿，你看到前面那艘游船了吗？这是个游戏乐园船，里面有娃娃机、机动游戏,还有可乐、炸鸡、薯条、披萨,都是自助餐,咱上去玩玩吧。

宝儿:(犹豫着)可是,我没有和家长说,天也黑了。

人贩子甲:就玩一会,你玩够了就回家,你们大一班的同学们也在那呢,他们刚才还说要玩"猜司令"。

宝儿:"猜司令"?我也想玩,那你想办法告诉我爸爸妈妈哦,我玩一会儿就回家。

(人贩子甲、宝儿往船的方向退场)

男孕妇:(抚着肚子焦急跑上来,边跑边喊)老公,老公,不好了!宝儿放学没回家,听说有人在市集看到她了,可现在天都黑了,一直没回来。

女军官甲:啊!你们几个男人都在家待好,不要外出,我去召集姐妹们找孩子!

女军官甲:姐妹们,请求支援找孩子!

女军官乙、丙:好!

(女子军队集合,退场搜查)

唐敖:(拍拍男孕妇)大哥,你别急,我们也出去一起找,多些人肯定能找到。

男孕妇:可是,女儿国不允许男人随便上街的呀。

林之洋:我们那女人不能上街,你们这男人不能上街,这都是世俗之见。男人女人其实都能打仗,现在特殊情况特殊处理嘛!

唐小山:(面向男孕妇)你怀着孩子,行动不便就在家中等候,我们一定帮你把女儿找回来!

(唐敖、林之洋、唐小山共同下场,男孕妇随后下场)

第四幕　与人贩子的争夺

(女子军队甲、乙、丙上场)

女军官乙:宝儿,宝儿,你在哪?宝儿,你听到吗?(面向观众互动)小朋友们你们有看到宝儿吗?

女军官甲：咱们分开三面，再找找。

（唐小山、唐敖、林之洋也上场找孩子，两帮人员齐喊："宝儿，宝儿，你在哪里？"）

唐小山：看，那里有艘船！这附近咱们都找了，都没有，那一起上船去找找。

人贩子乙：有人好像上船了，怕不是家长找来了吧？

人贩子甲：那可不能让到手的孩子再被抢回去，准备战斗！

（唐小山、唐敖、林之洋先上船，发现人贩子们，比划打斗。播放音乐）

男孕妇：小朋友们一起帮忙喊加油呀！（引导一起喊）加油！加油！

（女子军队随后上船）

人贩子乙：（喊）快跑呀。

男孕妇：太棒了！人贩子被抓住了！（引导欢呼）太棒了！

女军官甲：（向观众）小朋友们，我们能不能和陌生人走呀？

观众：不能！

女军官甲：（向观众）好棒！女儿国反拐骗军团相信你们！

女军官乙：我们现在就把人贩子带回衙门去审问，绝不轻易放过他们。

（女军官乙、丙押着两个人贩子下场）

女军官甲：（向唐敖等人作揖）真是多谢你们的帮助，如果不是你们，宝儿可能就被带走了。

唐敖等三人齐声：别客气，别客气。

宝儿：（紧紧抱住女军官甲）妈妈，妈妈，我再也不和陌生人走了。这些叔叔和妈妈一样厉害，都是救人的大英雄！

女军官甲：谁说女儿国的男人就应该带孩子？谁说古时候的女人不能带兵打仗？男人女人都一样，做合适自己的事情就是最好的！

全员上场，谢幕，退场。

第四辑　家长剧

剧照

无肠国

【演员表】

旁白：周熙怡妈妈
唐小山：麦熙涵妈妈
唐敖：关心橼爸爸
林之洋：甘鸣岚爸爸

县官：曾婧羽爸爸
衙役：梁祎潼爸爸
居民A、B：刘力恒妈妈、孙梓骐妈妈
家丁：陈扬凌妈妈

【剧本】

第一幕　初到贵境

旁白：话说唐小山随父亲唐敖与舅舅林之洋一起乘船出海游历。他们到达许多国家，今天又到达一个新的国度。当大船靠岸后，他们一行三人就下船，随即进入城门后，来到了大街上。这到底是哪里呢？

唐敖：您好啊！请问这是什么地方啊？

居民A：这是无肠国啊！看你们不像本地人啊。你们从哪里来啊？

唐小山：我们从大唐来的！我是唐小山。这是我的爸爸唐敖，我的舅舅林之洋！我们本来想周游列国，但不小心遇到风浪，来到了这里。

林之洋：是的，是的。请问衙门在哪里？我们想拿到通关文牒！

居民B：我们是无肠国。大家都很友善的。如果你们有什么需要，可以去衙门找我们大人帮忙。我要去吃东西了，先不跟你们聊。

林之洋：吃东西？你们有什么好吃的东西？

唐敖、唐小山也同时问道：是啊？有什么好吃的东西？

居民A：我们无肠国什么都好吃！

居民B：大猪蹄子、大烤鸡、大骨头汤、大包子都很好吃。

唐敖：那我们得尝一尝！

林之洋：我们还要去找县官大人！

第二幕　餐厅里的奇怪事

旁白：唐敖一行人来无肠国衙门，希望得到离开无肠国的办法。

衙役：来者何人？

唐小山：（一步向前说道）我们来自东土大唐，正游历四方，不小心闯入无肠国，敬请大人谅解。

衙役：原来是这样啊！那要找我们大人。他喜欢帮助人，而且愿意帮助外国人。

县官：你们是哪里人啊？

唐敖：大人，您好！我们来自东土大唐，是周游列国的，初到贵地，特来拜见大人！

县官：我早就听说过大唐是一个富饶、繁荣的国家。今天有幸与大唐国的人见面，也正好有机会听听大唐国的故事。

唐敖：那是我们的荣幸啊！

县官：那我得准备好吃的，招待一下我们远道而来的贵宾。

旁白：没多久，手下人就摆好了一大桌精美的菜肴。有香喷喷的烧鸡、猪蹄子和各种美味的菜肴。

县官：各位就别客气了！

林之洋：太好吃了！谢谢大人款待！

唐敖：大人，我家无礼了！

县官：没事，没事！高兴就好！

县官：我们无肠国的人最喜欢吃东西！大鸡腿就是我的最爱！西兰花也喜欢吃！

县官：各位慢慢吃！我有事回避一下！

众人：大人请便！

旁白：只见大人躲在屏风后面。噼里啪啦开始拉便便！最奇怪的就是这些便便是大人刚刚吃进去的食物。一会拉出一个大鸡腿，一会拉出一个西兰花。

（家丁就提着一个小桶子来到大人的后面，啪啦啪啦地收集着大人刚刚拉出来的"便便"。随后两名家丁捧着大人的"便便"从屏风外走到台前）

县官：这些你们就拿去吃吧。

家丁：好的，大人。

家丁：这是大人拉出来的"便便"！我们赶紧拿下去分给所有的家丁吃。

唐小山：父亲，为什么我们吃进去的食物，会变成便便排出，而且还有点臭臭的？这个国家的人好奇怪，拉出的不是便便，而是食物呢？

唐敖：大人，你们是怎么回事？你不是刚刚吃下大鸡腿吗？怎么没一会儿就拉便便把大鸡腿拉出呢？还叫其他人吃？

林之洋：是啊，是啊，你们的家丁怎么能吃便便呢？

县官：你们就是有所不知了！我们国家之所以叫无肠国，就因为我们国人没有肠子，所以吃进去的食物很快就原样排出来。虽吃进的食物不停留，但只要腹中一过就饱，就很容易肚子饿，所以都吃很多东西。但我们刚下去不久就能够将食物完整地变成便便拉出。最开始，我们国人将拉出的食物都丢掉，后来我们觉得浪费食物是不应该的，才让家里的家丁们吃。

旁白：唐敖四人依然不敢相信，原来世界之大还有这样神奇古怪的国家。后来县官给唐敖三人安排好出国通关文牒，并安排官兵指路，护送他们出国。

登上船的三人还在回想这无肠国见到的神奇一幕。

第三幕　扬长而去

唐敖：这真是一个奇怪的国家，食物吃完，居然能够完整地拉出来。

唐小山：是啊，是啊。还好他们懂得不浪费食物，把拉出来的再给别人吃。不过……

唐小山：这真是一个神奇的国家啊！这真是一个没有便便的国家！

三人异口同声：我接受不了啊！

还异口同声地说道：这个世界真大，真的是大到无奇不有！

剧照

刻板国

【演员表】

唐敖：刘颛霆爸爸
林之洋：刘骏安妈妈
唐小山：林子玥妈妈

传令官：谭奕飞妈妈
老郑：张展豪妈妈
旁白：毛跃玲妈妈

【剧本】

第一幕　风急浪高，求避刻板国

旁白：一天，唐敖一行人乘船在海上航行。突然，大海上起了风，而且越来越大，海浪也渐渐大起来。

林之洋：兄长，起风啦，起风啦！

旁白：风浪越来越大，船颠簸得很厉害，大家伙都站不稳了。

林之洋：兄长，快！降帆，降帆！附近有没有什么国家可以让我们避避风浪呀？

唐小山：舅舅、舅舅。（挥舞着手上的纸）

林之洋：怎么了？小山。

唐小山：附近有个国家发来消息，欢迎我们去避风。

第二幕　墨守成规，规则不能破

旁白：狂风暴雨中，只见一艘船只上有人挥舞着旗子大声喊道。

传令官：请大唐船只在此等候，接受我们的例行欢迎仪式。

林之洋：哎呀，怎么还那么啰唆！（颠簸状）

传令官：首先，哎（站不稳）……升，升帆！

唐敖：这么大的风还升帆？这船哪还停得住啊?！

唐小山：我听九公说过这个国家，这里的人最是循规蹈矩，跟他们的长相一模一样，四四方方，十分死板。

传令官：欢迎仪式正式开始，哎哟哟。

林之洋：哎呀呀，饶了我吧，让我们进港吧！

唐敖：传令官，看今天这情况特殊，能不能特殊处理呀！

传令官：各位客人不要着急，规矩怎么能随便打破呢，打破了一次就会有第二次，之后就有第三次，就有第四次。来，现在进行第二项……

唐敖、林之洋、唐小山：啊……（大浪拍在了船上，三人都晕了过去）

传令官：鸣……礼……炮……第三项，开港门。

传令官：欢迎仪式结束！请大唐船只进港。风停啦，浪也静啦，快进港吧！请进港！

唐敖：呃，谢谢你们的热情欢迎，现在风浪已经过去了，我们也应该继续赶路了，告辞了！（作揖）

传令官：啊，这可不行，按惯例，欢迎仪式一完，大船必须进港的，快啊！

林之洋：得了，传令官大人，你饶了我们吧。

唐敖：是啊，您就别再客气了。我们现在也要去例行公事了。

传令官：停，停下，停啊！按照惯例，你们要是不进去，我这官职就不保！你们行行好吧！

林之洋：这样啊？哎，算了，姐夫，要不咱们还是进去吧，我顺便也上岸做做生意。

唐敖：好吧。

第三幕 老郑买履，死板闹笑话

老郑：哎，上次的鞋子买小了，你看这才穿了不到一个月，变这样了。

老郑：正好今天要赶集，我得赶快买双新鞋去。对了对了，这次一定记住先量好尺寸了，要不又像上次一样买小了可难受。这次量好尺寸带上，就不会搞错了。

老郑：这么远的路，我得赶紧出门，要不市集散了就麻烦了。

林之洋：卖鞋咯，卖鞋咯！男鞋女鞋儿童鞋，棉鞋皮鞋老布鞋，买了穿了最神气。

老郑：我想要这款，黑色的。

老郑：哎呀呀，忘带……带带……带尺码了。我得回去，很快回来。

林之洋：客官，您可以用您的脚直接试试这双鞋，不就知道合不合适了。

老郑：不行不行，我宁愿相信量好的尺寸，也不愿相信自己的脚。

林之洋：你……你你……你回来呀！这人真奇怪！明明可以用自己的脚试鞋的，却偏要回去拿尺寸！天也不早了，也该收摊喽！

林之洋：这人真奇怪，难道是给别人买鞋？不然还要什么尺码呀？天也不早了，也该收摊喽。

老郑：唉……我紧赶慢赶，还是白跑一趟！

唐小山：叔叔，你这是怎么了？怎么垂头丧气的样子？

老郑：小姑娘呀小姑娘，你说我今多不巧，尺码没带来回跑，弄得我鞋买不了，两趟路途成白跑，旧的鞋破上加破，新鞋何处可买着。

唐小山：叔叔呀叔叔……尺码没带可你的脚在呀！用脚试试不就知道合适不合适了吗？为什么非得回去拿尺码呢？

老郑：小姑娘你听我说，在刻板国里生活，办事可要讲规矩。

唐小山：叔叔你也听我说，规则规矩虽重要，可不能不按实际死教条。灵活变通靠自己，不要生搬硬套，注意观察多动脑，灵活变通是法宝！

齐：对对对，不要生搬硬套，灵活变通是法宝！是法宝！（舞蹈新年快乐）

第四辑　家长剧

剧照

后记

　　缓缓合上这本《让戏剧照见童年：幼儿园偶剧剧本精选》，我的心中充满了无尽的感慨与喜悦。这不仅仅是一本由孩子和家长创作的剧本精选，更是我们共同走过的一段温馨、充满爱与梦想的旅程。

　　回望那些日子，在《镜花缘》那光怪陆离的世界，孩子们化身机智勇敢的唐敖，游历海外奇国，在奇妙的风土人情中留下欢快足迹；在《西游记》那危机重重的取经路上，孩子们化身英勇无畏的孙悟空，降妖除魔，金箍棒挥舞间，妖怪们纷纷落荒而逃；在《武松打虎》里的景阳冈，他们又化身为武艺高强的武松，凭借着过人的智慧与胆量，和威风凛凛的老虎展开一场惊心动魄的智斗。每一个角色、每一个场景都蕴含着他们纯真的心灵和对世界的无限好奇。这些故事，是他们内心世界的真实写照，也是他们成长的见证。

　　而家长们，在剧本的创作与演绎过程中，不仅展现了他们的才华与热情，更展现了他们对孩子们的关爱与期待。家长们用心去感受每一个角色的情感，用情去演绎每一个场景的氛围，让孩子们在欣赏表演的同时，也能深刻感受到故事背后的情感与意义。

　　如今，这些剧本被精选成册，成为了我们共同的回忆。它不仅仅记录了孩子们的成长与变化，更见证了家园之间深厚的情感纽带。我们相信，这本书将成为孩子们成长道路上的一盏明灯，照亮他们前行的道路，激励他们勇敢地追

后 记

求自己的梦想。

在此，我们要感谢每一位参与创作的孩子和家长，感谢每一位指导老师，是你们的共同努力，让这本书得以诞生。愿这本书能够成为连接家园之间的桥梁，让爱与梦想在我们心中永远传递下去。

陈欣生

2025 年春于广州